Yorkshire Terrier - Zwerge mit Löwenherz

unterwegs in Nordirland

Epilog

Zur Erinnerung an Jack, der während der Veröffentlichung dieses Buches völlig unverhofft, aber friedlich für immer eingeschlafen ist. Jack, dem ich, wie unserer Susi auch, einst ein neues Heim gegeben hatte, war sieben Jahre lang mein ständiger Begleiter. Er hatte Freud und Leid mit mir geteilt und wusste immer, wie er mich mit seiner drolligen Art und Weise zum Lachen bringen konnte. Sicherlich würde er sich freuen, wenn dieses Buch mit seinen Abenteuern auch andere Menschen zum Schmunzeln bringen würde.

Ich danke dir, mein geliebter Zwerg mit Löwenherz, für all die wunderschönen Jahre mit dir und dafür, dass du dieses Buch überhaupt ermöglicht hast. In unser aller Herzen hast du einen festen Platz für immer.

Carmen Bauer

Yorkshire Terrier - Zwerge mit Löwenherz unterwegs in Nordirland

Bibliografische Information der Deutschen Nationalbibliothek:
Die Deutsche Nationalbibliothek verzeichnet diese Publikation in der
Deutschen Nationalbibliografie; detaillierte bibliografische Daten sind im
Internet über http://dnb.dnb.de abrufbar.

Impressum
Copyright: Dr. Carmen Bauer, 2013
Umschlaggestaltung und Fotos: Dr. Carmen Bauer
http://www.drcarmenbauer.com/

Herstellung und Verlag:
Books on Demand GmbH, Norderstedt
ISBN 9783732279524

Inhaltsverzeichnis

i

Über dieses Buch

Jack, Susi und Mini sind auch in diesem Buch wieder die Hauptdarsteller. Das erste Buch „Yorkshire Terrier – Zwerge mit Löwenherz" ist ein Ratgeber, der diese kleinen Hunde ohne Schnörkel und Schleifchen so beschreibt, wie sie im täglichen Leben sind. Als kurzweilig geschriebener Ratgeber hat das Buch sehr viele Leser begeistert, und zwar nicht nur Menschen, denen das Buch eine große Hilfe war, sondern auch Yorkie-Liebhaber, denen die geschilderten Geschichten sehr bekannt vorkamen. Ich erhielt so viele Zuschriften bzw. Zuspruch, dass ich am Ende überzeugt war, ein weiteres Buch über meine drei Crumbells zu veröffentlichen. Eigentlich brauche ich meine drei Zwerge nur eine Zeit lang zu beobachten und schon fällt mir alles Mögliche ein, was ich über sie schreiben kann. Viele Geschichten über Jack, Susi und Mini sind so ja auch auf meinem Blog entstanden. Nicht jeder hat aber Zeit und Lust, immer am Bildschirm zu lesen, was die drei Yorkies in ihrer Heimat Nordirland so alles erleben. Eine kleine Auswahl der amüsanten Erlebnisse meiner drei Herzensbrecher habe ich deshalb in diesem Buch zusammengestellt.

In „Yorkshire Terrier – Zwerge mit Löwenherz unterwegs in Nordirland" erfährt man, wohin die drei Crumbells ihr

1

Frauchen begleiten, wem sie auf dem Weg hoch über den Klippen begegnen, was sie am Meer erleben, dass Jack am liebsten durch Tümpel watet, wie es anderen Hunden ergeht, wenn Susi läufig ist, dass Mini sich tierisch über den Schnee freut und was es im Hundesupermarkt alles zu kaufen gibt.

Die Hauptdarsteller: Susi, Jack und Mini

Darf ich vorstellen - Meine Yorkies

Ich musste wohl erst nach Nordirland umziehen, um die Bekanntschaft mit Yorkshire Terriern zu machen, diesen drolligen Kerlchen, die sich so leicht und schnell in die Herzen der Menschen einschmeicheln – so auch in meins. Nie im Leben hätte ich geglaubt, dass mir solche kleinen Hunde einmal so viel Spaß und Freude bringen würden. Kein Tag ist wie der andere. Langeweile gibt es nicht, denn ein Yorkshire Terrier ist Programm und zwar ein volles.

Es ist schier unvorstellbar, dass diese kleinen Wesen, wie ihre großen Kumpels auch, vom Wolf abstammen. Viele Leute machen sich ja über diese Hunderasse lustig. Nennen sie „Fußhupe" oder „Wadenbeißer", wobei letzteres ja sogar erklärbar ist: Die Yorkies sind in der Tat so klein, dass sie, wenn sie beißen, bei einem Erwachsenen nur bis zur Wade kommen. Das habe ich bei unserer alten Hundedame Susi schon selbst erlebt. Susi, die wir einst vor dem sicheren Eingehen gerettet hatten, bewacht uns alle besser als der schärfste Wachhund. Und wenn sich jemand über ihr lautes, warnendes Gebell hinwegsetzt und unser Haus oder das Grundstück betritt, dann müssen wir sehr aufpassen, dass sie nicht spontan zubeißt. Susi ist überhaupt der neugierigste Hund, den ich je gesehen habe.

Selbst beim Handwerken folgt ihr Köpfchen allen unseren Bewegungen und sie schaut uns zu, als ob sie demnächst selbst Löcher mit der Bohrmaschine bohren und Dübel in die Wand hämmern möchte. Normalerweise liegt sie immer da, wo ich mich auch gerade befinde. Bin ich am Schreib-tisch, dann liegt sie in ihrem Hundekörbchen, das neben meinem Schreibtisch steht. Sitze ich auf dem Sofa, dann behauptet sie dort ihren Platz neben mir. Nur wenn ich im Garten beim Werkeln bin, dann weiß meine alte Hundedame nicht so richtig, was sie machen soll und läuft mir zwischen den Füßen herum.

Es ist auch schon vorgekommen, dass dieses kleine Wesen es wohl satt hatte, dass ich so lange telefonierte und ihr keine Aufmerksamkeit schenkte. Sie baute sich dann vor mir auf, fixierte mich mit ihrem Blick und bellte mich an. So als ob sie sagen wollte: „Jetzt reicht es aber. Nun kümmere dich mal wieder um mich!"

Susi will überall mit dabei sein und lässt sich durch nichts davon abbringen, dass sie es am Ende auch ist. Nur wenn sie feststellt, dass wir draußen einen Spaziergang machen, dann will sie nicht mit. Sie meckert sowieso immer, wenn sie „viel" laufen muss. Die alte Hundelady liebt nämlich die

Bequemlichkeit und fährt viel lieber im Auto. Dabei scheint sie mit ihren 14 Jahren noch total fit zu sein. Wenn sie läufig ist, macht sie Jack, unseren Rüden, immer voll an und streckt ihm ständig ihr Hinterteil entgegen. Und wenn sie im Garten Katzen wittert, dann schießt sie wie ein Pfeil nach draußen, um sie zu jagen. Manchmal liegt Susi auch zusammengerollt in ihrem Hundebett neben mir am Schreibtisch und knurrt leise vor sich hin. Ich weiß nicht, was sie damit bezweckt und wen sie damit abschrecken will, denn weit und breit ist keiner der beiden anderen Yorkies zu sehen und Futter steht auch keins herum. Vielleicht hat sie ja den siebten Sinn und ahnt, dass Jack in der Nähe ist und es auf ihr Fressen abgesehen hat und warnt ihn schon einmal ganz prophylaktisch.

Seit meinem ersten Buch habe ich meine Yorkshire Terrier sehr schätzen gelernt, denn damals wusste ich ja noch recht wenig über diese Hunderasse. Jack, Susi und Mini sind immer und ständig um mich herum. Sie sind mir – wie kann es anders sein – völlig ans Herz gewachsen und ich kann mir nicht mehr vorstellen, jemals ohne sie zu sein. Es vergeht kein Tag, an dem ich nicht herzlich über diese lustigen Vierbeiner lachen muss.

Susi - eine treue Seele

Susi: „Hier wache ich!"

Das fängt oft schon morgens im Bett an. Ja, Sie lesen richtig: Unsere Yorkies schlafen bei uns im Bett. Unser morgendliches Begrüßungsritual sieht so aus, dass meistens unsere Susi mich weckt. Sie wird dann unruhig, bleibt nicht mehr still liegen und läuft auf mir herum. Alleine vom Bett springen soll und will sie nicht, also macht sie sich vehement bemerkbar, bis ich endlich aufwache. Dann kommt sofort auch schon Mini an, die in der Regel am Fußende vom Bett schläft, und verteilt Küsschen. Während Susi schon ganz zappelig ist und aus dem Bett will, nimmt sich Mini alle Zeit der Welt für das Aufstehen. Sie schleckt und leckt mich sowie auch Susi ab und dann legt sie sich auf den Rücken und will am Bauch gekrault werden.

Jack hat mit diesem Weiberkram überhaupt keinen Vertrag. Er hat sein Hundebett neben unserem Bett und nichts kann ihn von seinem Schlaf abhalten. Es sei denn, er hört die helle, aber schrille Hundepfeife von unserem Nachbarn oder Hundegebell aus der Nachbarschaft. Dann springt er wie von einer Tarantel gestochen aus seinem Bett auf und rennt – irgendwelche undefinierbaren Töne von sich gebend - im Schlafzimmer herum.

Mini: „Hallo, hier bin ich."

Mini: „Es ist so schön zu dösen."

Ich weiß nicht über wen oder was er sich da so aufregt, aber es sieht auf jeden Fall sehr lustig aus, wie sich der kleine Kerl mit seinem erhobenen Haupt so echauffiert.

Manchmal schläft Mini bei Jack im Bett. Sie mag es anscheinend, sich an ihn anzukuscheln. Jack knurrt zwar bisweilen, wenn er seinen Schlafplatz teilen muss, aber dem Liebreiz von Mini kann scheinbar auch er nicht widerstehen. Nun hatte ihm Mini allerdings letztens allen Grund zum Knurren gegeben. Es war mitten in der Nacht und alle waren fest am Schlafen, als wir vom „Geschrei" unserer Mini abrupt aus dem Tiefschlaf gerissen wurden. Sie lieferte sich mit dem ahnungslos schlafenden Jack einen Hundekampf vom Feinsten! Vermutlich hatte die kleine Hündin einen Alptraum. Vielleicht war sie von einer dieser dicken Katzen, die sie hier tagsüber immer jagt, im Traum angegriffen worden und nun attackierte Mini unbeabsichtigt den armen Jack. Auf jeden Fall wusste Jack gar nicht, wie ihm geschah und - plumps - fiel er aus dem Hundebett, das etwas erhöht neben unserem Bett steht.

Es ist auch schon vorgekommen, dass ich durch das Zappeln eines meiner schlafenden Yorkies geweckt wurde. Vor allem Mini rennt und schnüffelt manchmal im Schlaf ganz heftig. Ich weiß dann immer nicht, ob sie gerade Jägerin oder Gejagte ist. Nur wenn das kleine Schwänzchen dann auch kräftig hin und her wedelt, weiß ich, dass sie wohl im Traum etwas macht, was ihr anscheinend großen Spaß bringt.

Auch wenn diese Yorkshire Terrier so klein sind, so sind sie doch sehr zäh und ausdauernd. Egal um was es dabei geht – ob spielen, schmusen, spazieren gehen oder einfach nur Haus & Hof bewachen. Yorkshire Terrier, jedenfalls meine kleinen Zwerge, machen alles mit großem Interesse und mit Leidenschaft. Sie wollen überall dabei sein und alles wissen. Ihre kleinen Äugelein blicken bei jeder Bewegung immer neugierig: Was macht Frauchen denn da? Ihre kleinen spitzen Ohren sind immer auf Empfang gestellt. Auch wenn sie scheinbar tief und fest schlafen – die Ohren drehen sich wie kleine Antennen, die alles, was sich im Raum tut, abhören. Mitten im Tiefschlaf springen sie auf und schlagen laut an, wenn sie Geräusche hören, die nicht einmal ich wahrgenommen habe.

Wenn ich auf dem Sofa sitze, dann wollen alle drei auch dort sitzen. Sie haben ihren festen Platz neben mir, und wenn Besuch kommt, dann verstehen sie die Welt nicht mehr: Es kann ja wohl nicht sein, dass der Besuch ihre Seite vom Sofa besetzt! Wenn ich am Schreibtisch arbeite, dann suchen sie sich einen Platz ganz in meiner Nähe. Einer der Yorkies will immer auf meinen Schoß. Jack ist sogar so raffiniert, dass er, wenn er es denn auf meinen Schoß geschafft hat, manchmal versucht, mich mit seiner Pfote am Arbeiten zu hindern. Er will meine ganze Aufmerksamkeit, legt seine Pfote auf meine rechte Hand und leckt und schleckt dann an meiner Hand, so dass es für mich unmöglich ist, an meinem PC einen Text einzutippen.

Wenn ich in der Küche Essen mache, dann kommen sie auch an, weil sie denken, dass vielleicht etwas Leckeres für sie ab-fällt. Apropos Küche – Sie kennen doch sicherlich auch diese Blicke. Diese Zwerge können einen mit ihren kleinen braunen Augen so herzergreifend anschauen. Meine Yorkies stehen oft vor mir und gucken so leidend, als ob ich sie wochenlang ausgehungert hätte. Wer kann da schon widerstehen? Ich frage mich, ob diese Schauspieler wirklich wissen, wie sie ihren Menschen ein schlechtes Gewissen „einreden" können. Man gibt ja unweigerlich nach und reicht ihnen schnell ein Leckerli, nur damit die kleinen Vierbeiner nicht mehr leiden müssen. Aber Vorsicht – so wird aus einem Terrier ganz schnell ein kleiner Terrorist!

Jack im Sommer-Look

und hier mit Winterpelz

Mein Jack hat es schon sehr gut raus, wie er mich um den Finger wickeln kann, damit er ein Leckerli bekommt. Er führt regelrechte Tänze vor mir auf und holt sich Mini zur Verstärkung, um Frauchen zu verstehen zu geben, dass er jetzt sofort ein Leckerli will.

Wenn ich im Garten werkele, dann sind meine Zwerge auch immer zur Stelle. Meistens stehen sie am Zaun und gucken, was draußen auf der Straße vor sich geht. Wehe, wenn jemand es wagt und sich unserem Haus nähert! Dann wird zuerst geknurrt, was das Zeug hält und dann stimmen sie alle drei in ein wildes Gebell ein. Oft unterhalten sich meine Rabauken scheinbar auch mit ihren Kumpels aus der Nachbarschaft. Das geht manchmal schon morgens, gleich nach dem Frühstück, los. Wenn sie einen der Hunde (fast jeder hier hat übrigens mehrere Tiere, Hunde und Katzen) in der Nachbarschaft hören, dann wetzen meine Crumbells so, als gäbe es etwas zu verpassen, nach draußen in den Garten und stimmen lautstark in die Hundeunterhaltung ein.

Mini ist manchmal auch eine kleine „Krawallschachtel". Nicht nur, weil sie so laut bellen kann, sondern auch, weil sie wie ein „Ordnungshüter" darüber wacht, dass hier im

Haus alle Yorkies sich „anständig benehmen". Das gilt in erster Linie für Jack, der ja immer das Futter von Susi und Mini stibitzt. Wenn Mini ihn dabei erwischt, dann bellt sie ihn laut und furchtlos an.

Man mag mich für verrückt halten, aber ich rede mit meinen Yorkies. Ich erkläre ihnen, was ich mache und ja, es ist so, als ob mich die Zwerge auch verstehen. Irgendwo hatte ich einmal gelesen, dass Hunde so intelligent sind wie ein zweijähriges Kind. Den Yorkshire Terriern sagt man eine hohe Intelligenz nach - weshalb also sollten sie nicht verstehen, was ich ihnen erkläre? Ich merke das übrigens bei meiner Mini. Wenn sie spielen will, dann sage ich ihr langsam und deutlich, dass sie an ihre Spielkiste gehen und ein Spielzeug holen soll. Das macht sie dann auch und präsentiert mir prompt eines ihrer Spielzeuge. Häufig ist es eine alte ausgestopfte Socke, die ich durch das Zimmer werfen muss und Mini holt sie dann, damit ich sie wieder werfe. Und bei Jack brauche ich nur zu sagen, er soll mit in die Küche kommen, damit ich sein Gesicht waschen kann. Der Zwerg springt dann in sein Hundebettchen, das in der Küche steht und dreht sich erwartungsvoll auf den Rücken, damit ich ihn am Bauch waschen kann. Weil Jack, der kleine faule Kerl, sich gar nicht gerne wäscht, habe ich ihn von Anfang an immer mit einem weißen Waschlappen gewaschen. Und so freut er sich jetzt jedes Mal, wenn er mich mit dem weißen Lappen sieht. Für mich ist es immer eine regelrechte Tortur, das schmutzige Gesicht von Jack zu waschen. Er knurrt nämlich dabei so doll, dass mir (immer noch) angst und bange wird. Aber was sein muss, muss sein – da hilft auch das schreckliche Knurren dieses kleinen Wolfes nichts.

Ich werde oft gefragt, ob Jack, Susi und Mini „zweisprachig" sind. Also ob sie englisch und deutsch verstehen. Ja, zum Teil sind sie das sogar! Sie kennen das deutsche Wort „Tschüss" z.B. inzwischen ganz genau. Wenn ich mit deutschen Freunden telefoniere, dann liegen meine Zwerge ganz entspannt in meiner Nähe. Sobald sie aber „Tschüss" hören, springen sie auf und bestürmen mich wild, damit ich ihnen ein Leckerli gebe. Die schlauen Racker wissen nämlich inzwischen, dass ich in Ruhe telefonieren will und dass es erst eine Belohnung gibt, wenn das Telefonat mit dem Wort „Tschüss" beendet ist. Davon unabhängig kennen sie auch noch „Achtung, Achtung!" und „Pfui". Zwei Wörter, die es im Englischen so nicht gibt. Ab und zu gebe ich meinen Hunden auch deutsche Kosenamen. Meine Mini nenne ich mitunter „Dicke Nudel", weil sie manchmal ein

15

wenig rundlich wirkt; und Jack rufe ich bisweilen „Männlein". Nur Susi hat keinen „richtigen" Kosenamen – sie ist und bleibt Susi.

Ein Wort noch zum Fellwechsel, der bei Yorkshire Terriern entfällt. Die Yorkies sind wie eine Wundertüte, meinte letztens eine Freundin von mir, weil ihr Aussehen nicht unbedingt vorhersehbar ist. Sowohl ihre Haarfarbe wie auch ihr Aussehen verändern sich in den ersten zwei bis drei Lebensjahren, bis sich dann die endgültigen Farben (Blue und Tan) eingestellt haben. Außerdem wächst das Fell bzw. die Haare bei dieser Hunderasse genauso wie beim Menschen. Deshalb muss das Fell regelmäßig gepflegt und die Haare von Zeit zu Zeit geschnitten werden. Wie beim Menschen verleiht der Haarwuchs den Yorkies immer wieder ein anderes Aussehen. Genau das ist es aber auch, was diese Hunde meiner Meinung nach so interessant macht.

Bestimmt werden mir jetzt viele Menschen zustimmen: Yorkshire Terrier sind schon ein Kapitel für sich und erst recht mehr als nur *ein* Buch wert. Und nun wünsche ich viel Vergnügen beim Lesen der folgenden Kurzgeschichten von Jack, Susi und Mini unterwegs in Nordirland.

Das ist unser Sofa!

Wo ist denn unser Leckerli?

Wie ich auf den Hund kam

Hatte ich eigentlich schon erzählt, dass ich meine beiden „Veteranen" Jack und Susi quasi geerbt habe?

Eva und ihr Mann hatten hier in Nordirland über 50 Jahre lang Yorkshire Terrier, die „Crumbells", gezüchtet. Es gibt viele Fotos, wo Eva und ihr Mann mit ihren Champions zu sehen sind, sowie Dutzende von Auszeichnungen, Danksagungen und Pokalen. Das alles ist jedoch viele Jahre her - lange bevor das Internet-Zeitalter anbrach. Man findet deshalb – selbst wenn man hartnäckig googelt – kaum etwas im Internet über Eva und die Crumbells.

Eva war 84 Jahre alt, als ich sie zum ersten Mal traf. Ich erinnere mich, dass diese kleine zierliche Frau noch sehr rüstig war und wie sie mir voller Stolz ihren kleinen Hund präsentierte, mit dem sie trotz ihres hohen Alters immer noch auf Ausstellungen ging. Ich hatte damals noch keine Ahnung, was es bedeutete, einen Hund täglich sechs Stunden zu bürsten und fand es ziemlich komisch, wie der „arme", kleine Hund in solche Päckchen, die überall an seinem kleinen Körper hingen, eingewickelt war.

Vor ein paar Jahren wurde Eva für uns alle sehr überraschend mit Alzheimer diagnostiziert. Wir selbst hatten von ihrer Krankheit zuerst nichts bemerkt. Ein paar Mal hatten uns Bekannte angerufen, ob wir wüssten, dass Eva orientierungslos in der Stadt herumlief. Das machte uns dann stutzig. Zum Schluss blieb uns nichts anderes übrig, als Eva in einem Heim unterzubringen.

Bis dahin war es jedoch ein langer Weg und vor allem auch für die Hunde kein Zuckerschlecken gewesen. Bestimmt hatte Eva manchmal vergessen, sie zu füttern, oder sie hatte die Hunde draußen im Garten vergessen, oder aber sie hatte sie doppelt und dreifach gefüttert. Aber der alten Frau, - sie war ja immerhin schon weit über 80 Jahre alt und die Yorkies waren ihr „Ein-und-alles" - die Hunde einfach wegnehmen, das wollten wir auch nicht. Heute kann ich gut verstehen, wie es ist, einen Hund, nein, einen Yorkshire Terrier, zu verlieren. Ein Leben ohne Yorkie macht irgendwie keinen Sinn. Diese lustigen Gesellen sind einfach eine Bereicherung in jeglicher Hinsicht.

In Bezug auf Eva und ihre Hunde standen viele schwierige Entscheidungen an, und letzten Endes ging es ja auch um das Wohl der Tiere. Jack, der, als er mich das erste Mal sah, wie ein Wollknäuel zur Begrüßung an mir hochsprang, begeisterte mich sofort. Ich war überglücklich, als ich später

19

erfuhr, dass ich ihn behalten durfte. Dabei wusste ich noch gar nichts über diese Hunderasse und hatte auch keine Ahnung, wie sehr ich die Yorkshire Terrier einmal schätzen und lieben würde.

Der andere Hund, meine jetzige Hundedame Susi, war hingegen wochenlang im Hause ihres Frauchens ganz alleine geblieben, weil man auf die Schnelle niemanden gefunden hatte, der ihn übernommen hätte. Eigentlich wollte ich keinen zweiten Hund. Als wir jedoch in das Haus der Eltern bzw. Schwiegereltern gingen, um den Hund zu füttern und dieser uns so traurig anblickte, da sprach mein Lebenspartner ein Machtwort: „Der Hund kommt sofort mit zu uns!" und so kam dann auch Susi zu uns ins Haus. Da mir damals keiner sagen konnte, wie ihr richtiger Name war, habe ich sie Susi genannt. Inzwischen weiß ich, dass ihr richtiger Name "Gillian's Romance" ist.

Eva lebt nun seit ein paar Jahren im Heim und kann sich an nichts mehr erinnern. Im Gegenteil, wenn wir manchmal einen ihrer Hunde ins Heim mitnehmen, hat sie Angst vor ihnen. Bei den meisten anderen Heimbewohnern kommt allerdings Freude auf, wenn sie einen der Yorkies sehen und streicheln können.

Yorkshire Terrier sind übrigens sehr gute Therapiehunde. Sie werden eingesetzt, um z.B. Menschen, die an Demenz erkrankt sind, zu helfen. Viele Menschen wissen das wohl nicht und vermuten es auch nicht, weil die Hunde ja so klein sind. Dazu müssen die Yorkies, wie ihre größeren Artgenossen auch, eine Ausbildung absolvieren. Sie müssen z.B. lernen, nicht alles vom Boden zu fressen (wie etwa Tabletten) und werden ziemlich gründlich auf ihre Gutmütigkeit hin geprüft.

Der Yorkshire Terrier – keinesfalls ein Hund nur für ältere Damen

Als ich letztens mit einem Bekannten in Deutschland auf meine Yorkies zu sprechen kam, da bekam ich zu hören: „Yorkshire Terrier - aber das sind doch die Hunde mit den langen Haaren und dem Schleifchen im Haar, die immer von alten Damen auf dem Arm getragen werden. So alt bist du doch noch gar nicht, liebe Carmen!"

Mir fiel dazu nichts ein, was ich hätte erwidern können und er musste wohl mein Gesicht gesehen haben, denn er fügte hinzu: „Ok, diese Hunde sind zwar klein, aber ganz schön beherzt. Trotzdem, bei uns werden sie nur immer mit älteren Damen in Verbindung gebracht. Diese kleinen Hunde werden wie Kinder behandelt: Sie werden gebadet, bekommen Kleidchen angezogen und sie müssen, um Frauchen zu gefallen, mit ihrem langen Haarkleid herumlaufen."

Naja, ganz Unrecht hatte er nicht, kenne ich doch genug Frauen, die dies auch tatsächlich so machen. Würde eigentlich ein Mann auf Idee kommen, einen Hund so zu behandeln? Ständig waschen, bürsten, kämmen und anziehen.

Ich kann es mir nicht so richtig ausmalen. Ist der Yorkshire Terrier also doch eher ein Hund für Frauen?

Während ich mir gut vorstellen kann, in Deutschland mit meinen Yorkshire Terriern als „ältere Dame mit Schoßhund" zu gelten, ist es hier bei uns in Nordirland ganz anders. Jedenfalls empfinde ich das so. Bis vor ein paar Jahren waren Yorkies auch **die** Lieblingshunde in Großbritannien. Inzwischen wurden sie von den Möpsen abgelöst.

Hier in Nordirland sieht man alle möglichen Hunderassen und auch viele Menschen mit Yorkshire Terriern, wobei beide, Mensch und Hund, ganz unterschiedlich alt sind. Und ganz egal, ob große oder kleine Hunde - die Menschen grüßen einander freundlich, auch wenn man sich nicht kennt. Am Anfang war ich darüber ziemlich irritiert, denn das kannte ich von Deutschland her nicht.

Selbst die Menschen, die große Hunde haben, nehmen in der Regel Rücksicht auf mich und meine „Wadenbeißer". Sicher, es gibt auch Ausnahmen. Aber die meisten Menschen rufen ihren Hund zurück oder nehmen ihn an die Leine und warten so lange, bis ich mit meinen Zwergen weitergegangen bin. Viele Hundebesitzer kommen sogar auf mich bzw. meine Yorkies zu, streicheln sie und unterhalten sich mit uns, nämlich mit den Yorkies und mit mir. Ganz oft bekomme ich zu hören, dass ich mit meinen drei Hunden ja alle Hände voll zu tun habe. Was im Prinzip auch stimmt: Manchmal ist es nämlich schon wie „Flöhe hüten", weil jeder der drei in eine andere Richtung laufen will und an seiner Leine zerrt. Erstaunlich finde ich, dass so viele Menschen denken, meine Crumbells seien junge Welpen. Vor allem Kinder kommen oft voller Entzücken auf uns zu und wollen die süßen kleinen „Hundebabys" streicheln. Inzwischen bin ich aber sehr vorsichtig geworden, weil es schon passiert ist, dass Kinder meinen Jack hochgehoben haben, ihn dann aber fallen ließen, weil dieser ausgewachsene Hund mit seinen 3,5 kg unerwartet schwer war.

Fellkinder

Gestern war ich mit Jack, Susi und Mini unterwegs und dabei hatte ich ein kleines Erlebnis, welches mir den Begriff „Fellkind" sehr gut verdeutlichte. Auch wenn ich diesen Begriff nicht so gerne mag, ist er dennoch eine kleine Geschichte wert.

Wir mussten Briefe wegbringen und so sind wir mit dem Auto in eine nahegelegene Siedlung zum Postamt gefahren. Mein Lebensgefährte wollte erst nicht, dass wir die Hunde mitnehmen. Er meinte, man könne sie dort eh nicht frei laufen lassen und er war besorgt, weil in der Siedlung viele große Hunde frei herumlaufen, deren Besitzer sich einen Spaß daraus machen, kleine Yorkies bzw. deren Besitzer zu ärgern.

Nun ist es aber so, dass sich meine Crumbells nicht so leicht abwimmeln lassen. Sobald sie merken, dass es zum Auto geht, stürmen sie in den Flur, stellen sich vor die Eingangstür, schmeißen sich auf den Boden und wuseln dort dann so lange herum, bis wir sie ins Auto packen und mitnehmen. Ich weiß bis heute nicht, weshalb sie das Auto-fahren so lieben. Vielleicht auch nur deshalb, weil sie dann alle drei in einer großen Tasche vorne bei mir auf dem

Schoss sitzen und ich mit ihnen während der Fahrt intensiv schmuse.

So war es dann auch gestern. Es führte kein Weg daran vorbei – sie kamen alle drei mit zum Postamt und freuten sich sehr über die kurze Autofahrt dorthin. Während mein Lebensgefährte die Post wegbrachte, ging ich mit meinen kleinen Vierbeinern spazieren. Viel zu sehen gab es für mich nicht, aber die Yorkies hatten ihre Freude daran, überall herumzuschnuppern.

Eine Gruppe von Kindern, alle ca. fünf bis sieben Jahre alt, kam uns entgegen. „Ach wie niedlich, ach wie süß, wie heißen die Hunde, wie alt sind sie?", fragten sie mich aufrichtig interessiert. Ich wunderte mich sehr, dass sie alle sofort wussten, dass meine drei Zwerge Yorkshire Terrier waren. Das hatte ja selbst ich damals, als mir Jack zum ersten Mal begegnete, nicht gewusst. Zum Teil hatte ich Schwierigkeiten, die Kinder mit ihrem nordirischen Akzent zu verstehen. Sie merkten schnell, dass ich „Ausländerin" bin und fragten mich höflich, woher ich denn komme. Ich erklärte ihnen dann, dass ich aus Deutschland komme und ging auch auf ihre anderen Fragen ein, - so z. B. ob ich Kinder liebe – was ich bejahte – ob ich Kinder hätte – was ich verneinte. Dann kam natürlich sofort die Frage, weshalb ich keine Kinder hätte. Ich rang nach Worten, um den kleinen Knirpsen auf Englisch zu erklären, dass dies aus gesundheitlichen Gründen bei mir nicht möglich gewesen war.

Ich sehe noch die ungläubigen Augen der Kinder, die, in einer Gruppe um mich herumstehend, versuchten, das eben Gesagte nachzuvollziehen. Es schien für sie unmöglich zu sein, dass eine Frau keine Kinder hat. Eines der Mädchen rettete dann die Situation, indem es sagte: „Nun ja, dafür hast du ja diese drei Yorkshire Terrier – das sind ja deine Kinder!"

Ein kleiner Ausflug

Wettermäßig war dieser Mittwoch im Juli ein Tag wie jeder andere. Mal Regen und mal Sonnenschein – das war schon seit April so. Heute aber war mehr Sonnenschein und ich beschloss deshalb, das gute Wetter zu nutzen und den Tag mit einem Spaziergang mit meinen drei Löwenherzen unten an der „Wasserfront", wie das Viertel am kleinen Yachthafen bei uns heißt, zu verbringen.

Jack, Susi und Mini mussten meinen Gedanken erraten haben. Wie auf Kommando standen sie nämlich alle drei an der Haustür und wuselten dort voller Erwartung herum. Was wird Frauchen uns heute zeigen? Kaum hatte ich die Autotür aufgeschlossen, sprangen sie auch schon ins Auto hinein und machten es sich auf dem Beifahrersitz bequem. Unten an der Wasserfront angekommen, stellte ich fest, dass ich die langen Hundeleinen zuhause vergessen hatte. Nun gut, dann musste ich die kurzen Leinen nehmen, die ich als Ersatz immer im Auto hatte. Ich leinte also meine drei Lieblinge an und hievte jeden einzeln behutsam aus dem Auto, immer darauf bedacht, dass kein Auto angebraust kam und einen von ihnen überfuhr.

Mini war aufgeregt wie immer, wenn wir draußen spazieren gehen. Ich konnte richtig hören, wie sie innerliche Jubelschreie ausstieß. Sie rannte von einer Stelle zur nächsten, wobei das kleine Schwänzchen immer in Bewegung war. Voller Begeisterung schnupperte sie hier und da, alle Gerüche in sich aufsaugend. Manchmal blieb sie stehen, hielt ihr Köpfchen hoch, schnupperte und sog die Luft ein. Es konnte ihr gar nicht schnell genug gehen und sie versuchte natürlich ständig, davon zu stürmen, um diese neue Gegend mit all den Gerüchen, die ein kleiner Hafen bietet, zu erkunden.

Während Mini an ihrer Leine zog, trabten Jack und Susi, meine beiden älteren Yorkies, gemütlich neben mir her. Alles was Beine hatte war heute anscheinend unterwegs. Bemerkenswert viele Kinder und ältere Menschen sowie unzählige Spaziergänger mit und ohne Hund. „Ach wie niedlich, ach wie süß", wurde ich immer auf meine Hunde angesprochen. Die Kinder kamen von ihren Spielplätzen, von denen es mehrere dort in der Gegend gibt, angerannt, streichelten die kleinen Yorkies und wollten wissen, wie sie heißen.

In einiger Entfernung sah ich eine Gruppe von älteren Menschen mit Behinderung, die mir entgegen kamen. Sie saßen in Rollstühlen und wurden von Pflegepersonal (das kann man an der Kleidung erkennen) geschoben. Sie lachten und scherzten und je näher sie kamen, desto mehr Freude konnte ich auf ihren Gesichtern erkennen. Natürlich waren auch sie ganz begeistert von diesen kleinen niedlichen Hunden. „Ach, schau dir das an! Sind sie nicht süß?!"

Das kannte ich inzwischen ja schon. Meine drei Zwerge aber wohl auch, denn sie blieben auch dieses Mal ganz brav stehen und ließen sich bewundern. So stand ich dann da, meine drei Yorkies an der Leine, umzingelt von einer Menschenschar, die sichtbar Freude daran hatte, meine Hunde zu betrachten. Ich merkte sofort, dass diese Menschen im Rollstuhl sich ja nicht nach unten beugen konnten, um einen meiner Hunde zu streicheln. Also was tat ich? Ja, ich nahm meine alte Susi hoch und setzte sie einer Frau auf den Schoß. Die anderen kamen in ihren Rollstühlen näher und konnten so wenigstens einen der Hunde streicheln, was meine Susi auch sichtlich genoss. Man glaubt nicht, wie dankbar diese Menschen waren.

Zum Abschluss machte eine der Pflegerinnen auch noch Fotos, wobei es mich wunderte, dass sie vorher ganz höflich fragte, ob ich etwas dagegen hätte, dass sie meine Hunde fotografiert. Nein, natürlich hatte ich absolut nichts dagegen. Aber ich war so baff über diese Höflichkeit, dass ich mich nicht getraute zu fragen, ob sie mir einen Abzug des Fotos überlassen würde.

Vielleicht sollte man sich von dieser Hunderasse eine Scheibe abschneiden:
Frechheit siegt, dem Mutigen gehört die Welt, und wirklich böse ist dir keiner.
Caroline Hebisch

Happy Dogs

Letztens sind wir unten am Küstenwanderweg (in Bangor, Nordirland) spazieren gegangen. Das ist ein 25,5 km langer Wanderweg in North Down, der in Holywood (schreibt sich tatsächlich nur mit einem „l") anfängt und sich über Wiesen, Felder und Parks an der Irischen See entlang bis zu den felsigen Ausläufern von Portavo erstreckt.

Das Stück, das ich mit meinen Hunden immer laufe, ist am „Belfast Lough" entlang. Man hat einen total schönen Blick auf die andere Seite, Carrickfergus, und kann bei klarem Wetter sogar Schottland sehen. Mein Lebensgefährte setzt mich immer an einer bestimmten Stelle ab, von wo aus ich dann mit meinen Yorkies nach Bangor in die Stadt laufe. Es ist wirklich ein herrlicher Spaziergang, der zum Teil hoch über der rauen Irischen See, zum Teil aber auch direkt am Wasser entlang führt.

Jack wollte wie immer nicht laufen. Kaum war er aus dem Auto raus, rannte er zwar zum nächsten Pfahl, hob sein Beinchen und machte Pipi, aber dann blieb er stur stehen. Bis wir alle richtig in Gang waren, musste ich alle meine Zwerge wie immer an der Leine halten.

Bei Jack riskiere ich ansonsten nämlich, dass er, ohne auf mich zu hören, schnurstracks zurück läuft, wo er unser Auto vermutet. Ich muss ihn also immer erst ein Stück „ziehen". Ist er dann einmal los von der Leine, bleibt er ständig stehen und dreht sich um, so als wolle er einschätzen: „Wie weit ist denn der Weg zurück?" Hat er aber eingesehen, dass Frauchen nicht nachlässt und es keinen Weg zurück gibt, dann trabt er munter drauflos. Meistens sogar ziemlich eifrig und schnell immer unserer Mini hinterher.

So war es auch heute gewesen.

Die kleine Mini rannte wie immer vorne weg. Entweder hielt sie ihr Näschen nach oben, so als sauge sie die frische Seeluft ein, oder sie schnupperte unten am Boden entlang. Ihr kleines Schwänzchen stand immer oben und wedelte die ganze Zeit vor Aufregung hin und her.

Mini hat nämlich die Angewohnheit, ständig ein paar Meter vor zu laufen, dann aber stehen zu bleiben und sich zu mir umzudrehen, als ob sie sich vergewissern will, dass ich ihr auch folge. Wenn sie weiß, alles ist o.k., dann läuft sie munter weiter. So lief sie dann auch heute vor uns her, sich immer umblickend, ob wir ihr auch folgten.

Susi ging gewohnheitsmäßig hinter mir her, als ob sie an meine Fersen geheftet sei. Um sie brauche ich mich nie zu kümmern, wenn wir spazieren gehen, auch wenn ich mich manchmal wundere, wo sie steckt. Sie ist so klein hinter mir, dass ich sie nicht immer sofort sehe. Mein Herz rutscht mir dann jedes Mal in die Hose, weil ich das Schlimmste befürchte. Häufig fallen die Klippen steil ab ins Meer und wenn einer meiner Yorkies zu dicht am Rande der Klippen läuft, ist mir doch etwas mulmig zu mute. Aber dazu gab es heute keinen Grund, denn Susi folgte mir brav wie immer.

Der schmale geteerte Weg, der sich über die Klippen schlängelt, ist manchmal auch ganz schön kurvenreich, so dass man nie weiß, was hinter der nächsten Ecke auf einen zukommt, bzw. was in der nächsten Kurve auf einen wartet. Ich bin also oft ziemlich angespannt, vor allem, weil ich Angst habe, dass plötzlich große Hunde, wie aus dem Nichts auftauchen, und auf uns zustürmen. Diesmal war die Angst jedoch unberechtigt. Ein älterer Herr kam uns entgegen. Er bewunderte Jack, Susi und Mini, schaute ihnen eine ganze Zeit lang zu und meinte dann:
„Das sind glückliche Hunde!"

Mini zu Jack: „Los, komm ins kühle Nass, du Angsthase!"

Drei auf einen Streich - in einer Tasche

Wenn drei Yorkies einen Spaziergang machen, können sie etwas erleben

Das muss in der Tat heute für meine kleinen Lieblinge ein ereignisreicher Spaziergang gewesen sein. Von Herbst war bei uns heute keine Spur zu sehen – im Gegenteil: die Sonne strahlte wie schon lange nicht mehr. Es hatte wohl nachts geregnet, aber heute schien tagsüber die Sonne und auch die Temperatur war eher sommerlich als herbstlich. Also machten wir uns – diesen Sonnentag nutzend - mit dem Auto und unseren drei Yorkies auf den Weg. Kaum waren wir um die Ecke gebogen, kam uns auch schon ein Hindernis entgegen: Eine Gruppe mit mindestens 30 Reitern überquerte auf ihren Pferden die Straße. Es kam was kommen musste, nämlich ein Verkehrsstau, und wir sind bei der nächsten Gelegenheit sofort von der Straße abgebogen. Anstatt zum Strand zu fahren, was wir ursprünglich vorhatten, entschieden wir uns für einen Spaziergang in einem kleinen Waldstück.

Jack, mein Yorkshire Terrier mit Stupsnase, wollte wie so oft anfänglich nicht laufen. Susi nörgelte herum – keine Ahnung weshalb – und Mini, mein „kleiner Hund" (obwohl sie so groß wie die beiden anderen Yorkies ist), rannte hin und her, dass es eine wahre Freude war, ihr dabei zuzuschauen. Nach ca. 30 Minuten zwischen Bäumen, Büschen, Farnen und an Brombeerhecken entlang kamen wir an einen kleinen See. Eine Schwanenfamilie, Vater, Mutter und vier Junge, schwammen dicht am Ufer entlang. Die Jungen waren schon fast so groß wie ihre Schwanen-eltern, hatten allerdings noch ihr braunes Baby-Federkleid. Voller Neugierde stürmten meine Crumbells auf die Schwanenfamilie zu. ‚Was sind das denn für komische Vögel?‘, mögen sie dabei wohl gedacht haben. Oh, oh! – der Schwanenvater zischte laut und bedrohlich, als er die kleinen Yorkies näherkommen sah. Und dann streckte er ziemlich schnell seinen langen Hals aus in Richtung meiner Hunde, weil er seine Familie beschützen wollte. Vielleicht hat auch er sich über meine Wichtel gewundert. Diese standen am Ufer des Sees – wasserscheu wie sie sind, und etwas irritiert, wie mir schien - und wussten nun gar nicht, was sie machen sollten. Weiter vor konnten sie nicht, wegen des Wassers, aber zurückweichen wollten sie auch nicht. Hätten sie dichter an dem See gestanden, hätte der wütend zischende Schwanenvater die kleinen Hunde böse zurichten können!

Nach diesem Schreck gingen wir weiter durch den matschigen, vielerorts mit Pferdemist bedeckten Waldboden. An der nächsten Biegung kam uns eine junge Frau auf einem großen schwarzen Pferd entgegen. Das war wieder Alarmstufe rot für mich, und ich beeilte mich, alle drei Hunde sofort an die Leine zu nehmen. Man weiß ja nicht, was diese kleinen Yorkshire Terrier alles im Schilde führen, um ihre Kräfte zu messen, und wie das Pferd darauf reagiert. Jack, Susi und Mini gingen auch zugleich in die „Achtung-Fertig-Los" Stellung. Entweder hatte das Pferd die kleinen Wesen gar nicht gesehen, oder aber es hatte gar kein Interesse, sich mit drei so kleinen Rabauken abzugeben. Wie dem auch sei – Reiterin und Pferd waren an uns vorbei, bevor meine Zwerge auf das große schwarze Etwas zustürmen konnten.

Man wird es kaum glauben - das Nächste, was uns begegnete, war ein Fahrradfahrer, der sich mit seinem Fahrrad durch den matschigen Waldboden quälte. Ich weiß nicht, was sich meine Wadenbeißer dabei dachten, als sie die Gestalt in weißer Fahrradbekleidung mit farblich entsprechend abgestimmtem Sturzhelm auf sich zukommen sahen. Wahrscheinlich genau das, was sich der Leser jetzt auch denkt: Wie kann man sich bei herrlichem Sonnenschein auf einem Fahrrad durch Matsch und Dickicht eines (dunklen) Waldes quälen?!

Dann entdeckte Jack einen Tümpel. Schon auf dem Weg waren überall Pfützen gewesen. Susi und Mini hatten immer einen Bogen um die Wasserstellen und den Pferdemist gemacht. Jack jedoch war quer durchgelaufen und als er jetzt auch noch einen Tümpel witterte, da war er nicht mehr zu halten. Ab und voll rein in die abgestandene Wasserlache. Irgendwie schien dies aber nicht seinen Erwartungen zu entsprechen. Fast bis zum Hals im Wasser stehend, versuchte er mit erhobenem Köpfchen angestrengt den Rückweg anzutreten. Dabei hatte er sichtbar Schwierigkeiten, mit seinen vier kurzen Beinchen aus dem Morast herauszukommen. Er guckte mich hilfe-suchend an und als er einsah, dass ich nicht durch diesen Dreck laufen würde, um ihn zu „retten", stapfte er dann – gute Miene zu schlechtem Spiel machend – mutig durch den dicken Matsch zurück auf den Waldweg. Hätte ich es nicht besser gewusst, hätte ich gedacht, eines dieser sagen-haften irischen Waldwesen käme mir da entgegen. Der Hund war völlig mit Matsch beschmiert, seine kleinen Beinchen waren rabenschwarz. Und durch das blonde Haar auf dem Kopf sah er aus wie ein kleiner Kobold.

Nachdem wir ca. eine Dreiviertelstunde gelaufen waren, kehrten wir um, denn der Matsch wurde immer dicker.

Diesmal ging ich voran und die kleinen Dreckspatzen folgten mir. Eine ältere Frau mit einem sehr großen, grauen Hund kam uns entgegen (ein Irischer Wolfshund, wie ich später erfuhr). Der Hund ging genauso gemütlich wie sein Frauchen, vermutlich war er auch schon so alt, und kam neugierig auf uns zu. Ich weiß nicht woran es lag, dass dieses eher ein wenig zottelig aussehende Wesen zum Glück keine Herausforderung für meine Yorkies darstellte. Und der große graue Hund selbst hatte scheinbar gar kein Interesse an meinen Rabauken. Vielleicht wunderte er sich auch nur, ob meine kleinen Yorkies überhaupt Hunde waren. So schnell wie der Hund und sein Frauchen auf der Waldlichtung erschienen waren, hatte ich keine Gelegenheit mehr gehabt, meine drei Zwerge anzuleinen. Dieser Hund nun, der im Vergleich zu meinen Yorkies ein „Hüne" war, kam auf Jack zu und beschnupperte ihn, wobei er das ganz sachte tat. Man konnte es Jack ansehen, dass ihm wohl echt mulmig zu Mute war. Er zog sein kleines Stummelschwänzchen ein und erstarrte zur Salzsäule. Angst? Ach was, ein Yorkshire Terrier doch nicht! Da hatte ich wohl mehr Angst, dass ihm etwas passieren könnte. Jack ließ also den Hund an sich herumschnuppern, wobei er keine Miene verzog und sich nicht von der Stelle rührte, bis der Riese wieder weg war.

Susi und Mini hatten das ganze Schauspiel neugierig aus sicherer Entfernung verfolgt. Sie standen etwas abseits vom Geschehen und waren wahrscheinlich heilfroh, dass dieser „Hüne" nichts von ihnen wollte. Als sich der Hund dann von Jack abwandte und gemächlich weiterging, sprangen die beiden Mädels auf Jack zu so als wollten sie ihn für seine „Heldentat" bejubeln, und Jack schien sich in seiner Rolle als Held auch sichtlich zu gefallen. Er trabte nämlich stolz wie Oskar mit erhobenem Haupt weiter.

Soweit war unser Spaziergang ganz gut und schön gewesen. Aber es gab noch eine Überraschung. Ein Jogger rannte nämlich hinter uns her. Ich hatte ihn im ersten Moment gar nicht gehört und war natürlich umso erstaunter, als ich ihn auf einmal so dicht hinter mir wahrnahm. Sein plötzliches Auftauchen versetzte mich in größte Sorge, dass Mini, die nämlich schon auf die Füße des Flitzers starrte, jeden Augenblick los toben würde. Aber meine Sorge war unberechtigt. Der Jogger lief, so wie es richtig ist, völlig unbeeindruckt weiter. Meine Wichtel standen am Wegesrand – ein Bild für die Götter. Die drei standen da wie Zaungäste, die bei einem Marathon zuschauen. Und der Flitzer war, so schnell wie er erschienen war, auch wieder verschwunden.

Zum Glück waren wir dann schnell am Auto angekommen. So ein ausgiebiger, erlebnisreicher Spaziergang macht müde. Und so schliefen Jack, Susi und Mini auch friedlich während der Fahrt nach Hause.

Jack so schmutzig

Am Strand in Ballywalter

Da hatten wir aber großes Glück gehabt. Bevor der Regen am Nachmittag einsetzte, hatten wir unseren ersten Spaziergang mit den Yorkies bereits beendet und waren wieder zu Hause im Trockenen.

Wir hatten beschlossen, nach Ballywalter zu fahren, weil dort der Strand ziemlich breit ist und in der Regel wenige Menschen mit Hunden unterwegs sind. Ich kann dort relativ entspannt mit meinen Zwergen am Strand entlang schlendern und die Natur genießen. Und die Zwerge haben reichlich Platz zum Hin- und Herrennen. Die drei Crumbells auf dem Schoß machten wir uns mit dem Auto auf den Weg. So brav wie noch nie saßen Jack, Susi und Mini in der Tasche und genossen es sichtlich, von mir gestreichelt zu werden.

Der kleine Ort Ballywalter liegt direkt an der Irischen See und ist ca. 30 km von uns entfernt. Wir brauchen für die Strecke mit dem Auto allerdings 20 Minuten, weil es quasi querbeet über die kleinen und engen Landstraßen geht. Manchmal nehmen wir auch eine Abkürzung durch eine Farm. Die „Straße" ist eigentlich eher ein asphaltierter

Weg. Es geht nämlich querfeldein, vorbei an Weiden auf denen man Pferde, Kühe und Schafe sieht.

Früher als sonst waren wir heute an dem kleinen Strand angelangt. Wir hatten gar nicht mehr daran gedacht, dass es ja Ebbe und Flut gibt und sich die Gezeiten immer verändern. Zum Glück hatte die Ebbe gerade eingesetzt, so dass wir einen ziemlich breiten Streifen am Strand hatten, wo sich die Yorkies austoben konnten.

Wegen der Nähe zur Hauptverkehrsstraße lasse ich die Zwerge immer noch so lange angeleint, bis wir unten am Wasser sind. So auch heute. Wir bahnten uns unseren Weg über Sand, ausgetrockneten Seetang und Steine ans Meer, wo die drei dann nach Herzenslust toben konnten. Vor allem Mini liebte es, im Wasser herumzutappen. Ich bedauere es immer, dass sie nicht gelernt hat, zu schwimmen. Auch wenn man sagt, dass alle Hunde schwimmen können, so möchte ich aber nicht das Wagnis eingehen, dass sie mir absäuft.

Zum Glück brauchte ich mir jedoch um Mini keine Gedanken zu machen. Sie war und ist vernünftig genug, nur so weit ins Wasser zu gehen, wie sie noch stehen kann.

Die beiden anderen Zwerge, Jack und Susi, schauten derweil immer nur aus sicherer Entfernung zu, was Mini da wohl im Wasser trieb. In Ermangelung eines Spielgefährten spielte sie mit mir „Hol das Stöckchen" bzw. besser gesagt: „Wirf' das Stöckchen", denn ich musste das Stück Seetang, das fast so hart wie ein Stock war, ständig werfen, während Mini es zwar holte, aber dann immer in einiger Entfernung von mir wieder zum Werfen ablegte. Das Wurfgeschoss landete sehr oft im Wasser und Mini wetzte dann blitzschnell hinterher, um es noch zu fangen, bevor die Wellen es ins offene Meer trugen.

Einmal kam uns ein älteres Ehepaar entgegen. Schon von weitem konnte ich sehen, dass sie sich über die Yorkies amüsierten. Wie immer ging auch heute unser Jack freundlich auf das Ehepaar zu. Sein Köpfchen hoch haltend, in freudiger Erwartung, ein Leckerli für seine schauspielerische Leistung zu erhalten, sprang er an der Frau hoch. Die Frau hatte zwar kein Leckerli, war aber total begeistert von dem kleinen drolligen Kerlchen und meinte, den könnte sie locker in ihre Tasche stecken und mit nach Hause nehmen.

Zu guter Letzt gab es dann noch ein wenig Aufregung als Mini losrannte, um eine Schar Gänse zu jagen, die im Meer auf einer Sandbank saßen. Vor dem Wasser blieb sie dann aber doch stehen und machte zu meiner Erleichterung eine Kehrtwendung. Mein Lebensgefährte erzählte mir später, dass er beobachtet hatte, wie ein Kameramann sich mühsam in Position gebracht hatte, um diese Gänse, die aus Grönland kommen, um hier in Nordirland zu überwintern, zu fotografieren. Wie enttäuschend für ihn, dass die Gänseschar nach Minis „Attacke" auf- und davon geflogen war.

Wir hatten jedenfalls unseren Spaß gehabt und machten uns müde auf den Heimweg.

Nun sind wir fix und fertig

Schnüffeln nach Herzenslust

Waldspaziergang

Es kommt selten genug vor, dass wir hier in Nordirland „Sommer", d.h. Sonne satt haben. Aber wenn das Thermometer dann mal über 18 Grad hinausgeht, dann entfliehen wir der „Hitze" ganz gerne und gehen in dem unweit gelegenen Wald spazieren. So wie letztens.

Das Wetter war zwar himmlisch - strahlend blauer Himmel und Sonnenschein - aber es war uns allen viel zu heiß, um ans Meer zu fahren. Außerdem dachten wir uns, da es Wochenende war, würde bei diesem herrlichen Wetter alles, was Beine hat (zwei oder vier) am Meer unterwegs sein. Und das ist dann nicht so angenehm, mit unseren Yorkies dort spazieren zu gehen. Ich hatte es schon einmal erlebt, dass Jack freundlich, wie er ist, auf eine Familie mit einem kleinen Kind zugerannt war und sich das Kind ganz fürchterlich vor dem „Ungetüm" in Form eines Yorkshire Terriers gefürchtet hatte. Die Mutter und ihr ca. zweijähriges Kind waren völlig entsetzt gewesen und warfen Jack und mir böse Blicke zu.

Also entschlossen wir uns, lieber im angenehm kühlen Wald einen Spaziergang zu machen. Dort angekommen liefen wir mit unseren Zwergen zunächst auf einem kleinen Feldweg entlang, bis wir dann dahin kamen, wo die Bäume Schatten und kühle Luft spendeten. Es war total ruhig. Man hörte allenfalls das Knacken von trockenen Ästen unter unseren Füssen oder das Hecheln der Hunde.

Für die Löwenherzen war es hier paradiesisch. Sie konnten frei herumrennen und nach Herzenslust schnüffeln und schnuppern, Gerüche aufsaugen, die ihnen nicht so bekannt waren und an Bäumen und Büschen ihre Duft-marken hinterlassen. Allerdings verlangsamte das auch entsprechend unseren ganzen Spaziergang.

Das Sonnenlicht drang zum Teil sehr spärlich durch die Baumwipfel und ich wunderte mich wieder aufs Neue, wie es möglich ist, dass in dem von Tannen und sonstigen Bäumen überschatteten, dunklen Dickicht überhaupt noch etwas wächst. Aber es ist so - die Natur hat es so einge-richtet, dass es selbst im dunkelsten Winkel noch etwas gibt, was das Auge des Betrachters erfreut.

Ein Stückchen weiter hatten Regen und Sturm ihre Spuren hinterlassen: Umgeknickte Bäume, die es den Yorkies fast unmöglich machten, mit ihren kurzen Beinchen das Hindernis zu bewältigen und ihren Weg fortzusetzen. Dazu war alles wie in einem Sumpfgebiet völlig matschig und rutschig. Genau das Richtige für Jack! Während Mini das Sumpfgebiet skeptisch inspizierte, lief Jack quer durch den Matsch durch und schaute mich dann auch noch an als ob er mich fragen wollte, warum ich ihm denn seinen Spaß nicht gönne.

Ein Glück nur, dass der Matsch getrocknet war, bis wir wieder am Auto waren.

Die drei Crumbells im Auto

Mit den Yorkies über Stock und über Stein

Tagelang hatte es hier geregnet, vielerorts standen ganze Landstriche unter Wasser. Weder wir Zweibeiner noch unsere Vierbeiner konnten angesichts der Wassermengen, die auf die Erde niederprasselten, nach draußen. Uns fiel schon die Decke auf den Kopf. Deshalb waren wir heute ja schon froh, dass wir wieder unser gewohntes Aprilwetter hatten – mal Regen und mal Sonnenschein, und das Ende Oktober.

Gewappnet mit Regenjacke und Wanderschuhen, Dinge die man hier in Nordirland immer braucht, beschlossen wir ganz spontan, mit unseren drei Yorkshire Terriern einen kleinen Spaziergang zu machen. Erst als wir im Auto saßen und schon unterwegs waren, fiel uns ein, dass es nicht viele Möglichkeiten gab, wo wir spazieren gehen konnten, ohne dass die Hunde und wir im Matsch versanken. Da war jetzt guter Rat teuer. Wir hielten dann kurzerhand an einer kleinen Sackgasse parallel zur Hauptverkehrsstraße an und machten uns quer über eine Wiese auf den Weg.

Mini hüpfte, sprang und rannte wieder so richtig nach Herzenslust herum. Die kleinen Ohren angelegt und ihr kleines Schwänzchen wie ein Ruder im Wind wehend sauste sie auf dem holprigen Weg hin und her. Ganz im Gegensatz dazu Jack, der mit seinen 12 Jahren nun einmal nicht mehr zu den „jungen Wilden" gehörte. Er watschelte - mal hier mal da schnuppernd - gemütlich durch die Landschaft.

Unser Spaziergang entpuppte sich bald als Gewaltmarsch. Nachdem wir eine Weile über die Wiese gelaufen waren, wobei wir glücklicherweise größtenteils vom Matsch verschont blieben, entdeckten wir einen Pfad, der steil an einem Hügel nach oben führte. Unser Interesse, wohin dieser Pfad uns führen würde, war geweckt und so kletterten wir auf rutschigem Boden nach oben. Allerdings mehr nach dem Motto „zwei Schritte vor und drei zurück". Zum Glück brauchte ich mir keine Gedanken darüber machen, ob die Hunde uns folgten. Im Unterschied zu uns Zweibeinern hatten unsere Vierbeiner keine Probleme, auf dem nassen Laub vorwärts zu kommen. Sie kletterten wie Ziegen den schmalen Trampelpfad hoch. Ab und zu blieben sie stehen, schnupperten in der Luft und setzten dann unverdrossen ihren Weg fort.

Endlich oben angekommen, wurden wir Zweibeiner für unsere Mühe reichlich belohnt. Es bot sich uns ein herrliches Bild. Ein Blick, den ich kaum in Worte fassen kann. Der Himmel wie aus dem Bilderbuch: blau mit weißen Wolken. In etlicher Entfernung vereinzelt ein paar Häuser, dann grün in allen Schattierungen und soweit das Auge reichte, dazwischen braunes, gelbes und rotes Herbstlaub und ganz im Hintergrund sah man grau und verschwommen die Irische See.

Vorbei an Rhododendronbäumen und Fuchsienhecken wanderten wir auf einem Weg, der sich drehend und windend wie eine Schlange seinen Weg durch das Dickicht bahnte. Man konnte sich wirklich nicht vorstellen, was nach der nächsten Biegung kommen würde. Und wieder tat sich eine Überraschung auf. Im wahrsten Sinne des Wortes öffnete sich unser Blick. Vor uns lag ein Golfplatz, dessen saftiger grüner Rasen sofort ins Auge stach und der wie ein Tal, von grünen Bäumen und Büschen umrandet, angelegt war. Ein einzelner Spieler war zu sehen, sonst niemand. Wir hatten Bedenken weiterzugehen, vor allem wegen unserer drei Yorkshire Terrier. Wer wusste, wie diese auf den Golfspieler reagieren würden. Also beschlossen wir schweren Herzens, umzukehren. Diesmal nahmen wir eine Abkürzung, quer durch den Rhododendronwald nach unten.

Dort angekommen, sprangen meine beiden Weibchen, Susi und Mini, sofort wieder hin und her. Susi meckerte wie gewöhnlich. Ich versuchte ihr immer wieder zu erklären, dass ich ihre Hundesprache nicht verstehe. Aber davon ließ sich meine Hundedame nicht beirren. Sie stellte sich vor mich hin, schaute mich mit ernster Miene an und schnatterte etwas, das ich nicht verstand. Ich glaube Susi ist in ihrem früheren Leben ein Hütehund gewesen. Wann immer ich nämlich stehenblieb, um mir etwas anzuschauen, oder wenn ich einen der beiden anderen Yorkies lobte, kam Susi angerannt, meckerte ziemlich penetrant und wurde erst dann wieder ruhig, wenn ich mich in Bewegung setzte.

Während Susi also meckerte und Mini frohen Mutes über Stock und Stein sprang, trabte Jack gemächlich hinter uns her. Man konnte ihn im hohen Gras kaum sehen. Wäre da nicht sein helles Köpfchen zu sehen gewesen, das sich zwischen dem Grün bewegte, hätte ich gedacht, der Hund wäre verschwunden. Ich war völlig mit der Schönheit der Landschaft beschäftigt als ich plötzlich bemerkte, dass Jack fehlte. Diese Yorkshire Terrier sind ja sowieso so klein, dass man sie leicht übersieht. Mein Herz rutschte wieder einmal in die Hose und ich geriet in Panik. Wo war bloß der Hund?! Ich rief und rief und rief, das kennen Sie sicherlich von Ihrem Hund. Aber Jack, typisch Terrier, stur wie diese Hunde nun mal sind, blieb verschwunden. Na das hatte mir noch gefehlt! Ich musste ein ganzes Stück zurücklaufen, bis ich ihn dann hinter einer Biegung im dichten Gras sah. Auf etwas herumkauend kam er hinter einem kleinen Baumstamm hervor. Unschuldig um sich schauend, als ob nichts wäre. ‚Was das Frauchen heute nur wieder hat?!‘, mag er sich gedacht haben.

Jack: „Wer sagt, dass ich klein bin?!"

Hundedame Susi – klein, aber oho!

Susi ist läufig

Heute waren wir im „Stormont Estate", einem großen schönen Park, in dem sich das nordirische Parlament befindet, spazieren gewesen. Ich wollte noch Fotos von dem Parlamentsgebäude machen und so hatten wir uns dann am frühen Nachmittag auf den Weg gemacht. Für die Fotos und unseren Spaziergang hatten wir uns das richtige Wetter ausgesucht. Es war zwar sehr kalt und der Wind pfiff durch alles durch, aber in der Sonne war es auszuhalten.

Wir mussten ziemlich lange mit dem Auto fahren, bis wir da waren, wo wir hin wollten. Meine drei Crumbells saßen wie immer bei mir auf dem Schoß in der neuen Kiste aus Stoff, die ich letztens angeschafft hatte. Nachdem ich nun etliche Kisten, Boxen, Kissen und dergleichen ausprobiert habe, scheint diese „Kiste" aus Stoff (eigentlich ist es eine halbe Tasche) uns allen am besten zu gefallen. Als ich die „Kiste" gekauft hatte und stolz meinem Lebensgefährten gezeigt hatte, war er sehr skeptisch gewesen, ob die drei Yorkies darin auch Platz haben würden? Aber, oh Wunder der Natur – die kleinen Wichtel passen alle drei bequem rein, und sie scheinen sich da auch wohl zu fühlen.

Kaum merkten die kleinen Kerlchen heute, dass es raus ging, standen sie auch schon an der Haustür und waren ganz aufgeregt, dass sie auch ja mit ins Auto durften. Da unser Grundstück zur Straße hin offen ist, muss ich immer besonders aufpassen, dass mir die kleinen Vierbeiner nicht durch die Haustür schlüpfen und zur Straße rennen. Vor allem Susi rennt immer gleich zur Straße, bleibt aber zum Glück sofort stehen, wenn ich sie rufe.

Meine Mini ist in letzter Zeit sehr anhänglich. Sie schaut mich immer an, so als ob sie sich versichern will, ob sie auch ja alles richtig macht. Als wir heute in diesem schönen großen Park unterwegs waren, habe ich beobachtet, dass sie jedes Mal stehen blieb, wenn ein größerer Hund auf sie zukam. Sie wollte dann auf den Arm genommen werden. Ich weiß nicht, ob ich schon erzählt hatte, dass Mini sich letztens dermaßen vor einem etwas größeren Hund erschrocken hatte, dass sie so gerannt ist, als wären tausend Teufel hinter ihr her. Alles Rufen half nichts und ich hatte die allergrößte Mühe, die kleine Yorkie-Hündin gerade noch rechtzeitig davon abzuhalten, auf die Hauptstraße zu rennen.

Jack ist der Gemütlichste von allen. Er rennt gar nicht erst zur Straße, sondern geht schnurstracks ans Auto und wartet dort auch brav, bis ich ihn hineinhebe.

Meine alte Hundedame Susi ist immer noch läufig. Das ist so eine Sache. Sobald nämlich Jack und Susi von der Leine sind, können wir im wahrsten Sinne des Wortes keinen Schritt mehr tun. Susi schmeißt ihr Hinterteil Jack entgegen und zwar so schwungvoll, dass ich mich wundere wie diese relativ alte Hündin noch so „sportlich" sein kann. Ob Jack will oder nicht – Susi zwingt ihn, sie zu besteigen. Und Jack, eifrig wie er als Deckrüde nun einmal ist, macht natürlich ganze Arbeit. Mir tut es immer aufrichtig leid, wenn ich die beiden bei ihrem Liebesspiel störe und nach der Methode „Koitus Interruptus" eingreifen muss, um zu verhindern, dass Susi geschwängert wird.

Bei unserem heutigen Spaziergang war es auch wieder so. Kaum ließen wir die beiden aus den Augen, trieben sie auch schon ihr Spielchen hinter meinem Rücken. Alles Schimpfen half nichts. Ist ja auch irgendwie blöd mit einer Hündin zu schimpfen, weil sie ihrem natürlichen Trieb folgt. Am Ende nahm ich Susi auf den Arm, was sie sichtbar genoss, damit wir überhaupt in Richtung auf unser Ziel vorwärts kamen. Komisch fand ich es aber, dass sie keinen der anderen Rüden, die uns zu Hauf begegneten, an sich heran ließ. Sobald sich ihr ein Hund näherte und an ihr schnupperte, fing sie an zu knurren und biss den Hund sogar weg. Da verstehe einer, was in einer Hündin vorgeht.

Susi – sie will nur Jack.

Yorkies im Zauberwald

Heute waren wir im Stadtpark spazieren. Ich hatte für meine kleinen Zwerge „Regenmäntelchen" gekauft und die wollte ich doch gleich einmal ausprobieren. Bei dem neblig trüben Wetter, das wir hier Mitte Dezember hatten, wirkte der Park mit seinen alten Bäumen wie ein Zauberwald. Es war auch vergleichsweise dunkel. Nur gut, dass an den Regenmäntelchen Leuchtstreifen angebracht waren. So konnte ich meine Vierbeiner wenigstens in dem relativ hohen Gras und zwischen den dunklen Bäumen sehen. Sie rannten auch heute wieder munter drauflos und es sah wirklich putzig aus, wie sie mit ihrem Umhängen und den viel zu großen Kapuzen hin- und her sausten. Von weitem sah man nur zwei rote und einen blauen Punkt mit Leuchtstreifen durch das matschige Grün sausen.

Wir hatten Glück, denn außer uns war heute anscheinend niemand mehr unterwegs. So brauchte ich mir auch keine Sorgen zu machen, dass meine Rabauken irgendeinen Unfug anstellen würden, wie etwa größere Hunde zu provozieren oder anderen Menschen, in der Hoffnung auf ein Leckerli, hinterher zu rennen.

Ich hatte völlig vergessen, dass es in den letzten Tagen ziemlich geregnet hatte, als ich quer über den Rasen lief. Das Gras, das unter den Bäumen wächst, stand regelrecht im Wasser und alles war matschig. Es gab keinen Ausweg. Ich stand umgeben von meinen drei Crumbells mitten auf dem Rasen im Wasser. Den Yorkies schien es aber zu gefallen, denn sie wetzten in ihren Umhängen fröhlich hin und her.

Jack, Susi und Mini hatten ihren Spaß und ich hatte das Nachsehen: Meine Zwerge waren zwar mit ihren Regenmäntelchen oben herum vor dem Regen geschützt, aber nicht unten herum. Klitschnass und voller Matsch waren sie, und als wir zu Hause ankamen, hatte ich alle Hände voll zu tun, die Löwenherzen zu trocknen und sauber zu machen.

Und die Moral von der Geschicht'? Kauf' keine Regenmäntel nicht!

Wir waren am Strand und sind jetzt ganz nass

Jack   Mini

Am alten Wasserreservoir

Letztens hatten wir uns entschlossen, ein neues Gebiet zu erkunden. Freunde hatten uns schon vor einiger Zeit den Tipp gegeben, mit den Yorkies einen Spaziergang am alten Wasserreservoir Portavo in der Nähe von Donaghadee, zu machen. Das Reservoir selbst wird schon seit etlichen Jahren nicht mehr für die Trinkwasserversorgung benutzt. Es wurde damals in einen See mit Regenbogen-Forellen für Angler umgewandelt.

Mit unseren drei Löwenherzen im Schlepptau setzten wir uns in Bewegung. Nachdem wir die erstaunlicherweise stark befahrene Landstraße endlich überquert hatten, traten wir ein in eine grüne Oase. Eine faszinierende Umgebung aus verschiedenen Bäumen, Büschen und Sträuchern, die zum Teil ihr Sommergrün noch gar nicht abgeworfen hatten, erwartete uns. Dafür, dass es Mitte November war, war es wirklich noch erstaunlich grün. Ein vergleichsweise breiter Weg lud uns regelrecht ein, ihm zu folgen. Was wir dann - beeindruckt von diesem Farbenschauspiel der Natur - auch taten.

Eine himmlische Ruhe herrschte. Überall roch es nach frischer Erde und nach Fichten. Der Efeu, der im späten

Herbst überall blüht, hüllte die Luft in einen dezenten Parfümgeruch. Dazwischen hörte man das Krächzen diverser Vögel. Wir hielten eine Weile inne, um alles, was unsere Sinne erfassen konnten, in uns aufzusagen. Dann schlenderten wir an dem befestigten Ufer des Sees entlang weiter, bis es einfach nicht mehr vorwärts ging, weil die Befestigung urplötzlich aufhörte. Kurzerhand entschlossen wir uns, einem kleinen Trampelpfad zu folgen. Während ich mit meiner kleinen Kamera hantierend aus dem Staunen über die Schönheit der Natur nicht mehr herauskam, trotteten meine drei Yorkies, scheinbar ebenso staunend, hinter und neben uns her. Sie schnupperten und schnüffelten überall, wie um die Wette, herum.

Mit unserer himmlischen Ruhe war es jedoch schlagartig vorbei, als wir den schmalen, zum Teil extrem matschigen Trampelpfad entlanglaufen mussten. Höchste Konzentration war angesagt, um nicht abzurutschen und in den See zu fallen. Jack war angeleint, weil er wie immer viel zu langsam lief. Heute erwies sich der Umstand, dass er an der Leine war, als ausgesprochenes Glück. Der kleine Kerl rutschte nämlich mit seinen vier Beinchen auf dem engen matschigen Pfad ab, verlor die Balance und wäre beinahe voll im Wasser gelandet, hätte mein Lebensgefährte ihn nicht reaktionsschnell an der Leine hochgezogen. Bei dieser kalten Jahreszeit hätten wir unseren Ausflug abrupt beenden müssen, wenn Jack mit seinem dicken Haarkleid bis auf die Knochen nass geworden wäre.

So wie es aussah hatten andere Menschen auch dieses kleine Abenteuer entlang des Sees gewagt und sich auf den Weg gemacht, die ganze Schönheit der Herbstfärbungen zu bewundern. Wir begegneten jetzt nämlich vereinzelt Menschen allein, zu zweit oder in Gruppen und immer freundlich grüßend. Nicht alle, aber sehr viele, waren mit ihren Hunden unterwegs.

Während wir Zweibeiner von dieser einmaligen Farbenvielfalt fasziniert waren und staunten, übte meine kleine Hündin, Susi, die wieder einmal läufig war, eine anziehende Faszination auf andere, vor allem große Hunde aus. Manch ein Hundebesitzer wunderte sich, weshalb sein Hund nicht gehorchte und stattdessen auf meinen Zwerg Susi losrannte. Da half auch verzweifeltes Rufen des Herrchens oder Frauchens nichts. Susi, die frei herum lief, zog sie wie ein Magnet an und war teilweise von mehreren Hunden gleichzeitig umringt. Ich glaube, sie wusste gar nicht, wie sie sich verhalten sollte. Einerseits kehrte sie jedem Rüden stolz ihr Gesäß zu, so nach dem Motto „Hier ist, was du suchst". Andererseits schien ihr das aber nicht so hundertprozentig zu gefallen. Einmal erwies sie sich sogar als richtiges Biest. Ein schöner weißer Golden Retriever hatte einen Narren an ihr gefressen. Und was tat die kleine Susi? Ja, sie versuchte den Rüden, der den Kopf gebeugt hatte, um an ihr zu schnuppern, kurzerhand in die Schnauze zu beißen! Nur gut, dass der große Hund seinen Kopf schnell eingezogen hatte und sich auf der Stelle von Susi abwandte.

Zum Glück wiederholten sich solche Zwischenfälle dann nicht mehr und wir konnten unbekümmert unseren Rückweg antreten.

Susi: „Ich bin zwar ein Zwerg, aber kein Gartenzwerg!"

Mini freut sich über den Schnee

Spaziergang im Schnee

Alle reden vom Wetter – ich schreibe darüber.

Schnee gibt es bei uns in Nordirland bzw. in Bangor, wo ich wohne, sehr selten. Wenn es denn einmal schneit, bleibt der Schnee auch nicht lange liegen. In ein paar Stunden verwandelt sich das schöne Weiß in eine braun-graue, matschige Landschaft.

Gestern am späten Nachmittag fing es bei uns an zu schneien. Ich hatte mich so sehr über die Veröffentlichung meines ersten Kinderbuchs gefreut, dass ich überhaupt nicht gemerkt hatte, dass es angefangen hatte, zu schneien. Die Yorkies, vor allem Jack und Mini, waren ganz unruhig und drängten darauf, dass ich mit ihnen Gassi gehe. Die beiden liefen ständig zur Tür, drehten sich im Kreis und gaben mir damit unmissverständlich zu verstehen, dass sie nicht mehr länger warten wollten und konnten. Ich zog mir schnell eine Jacke über und als ich dann nichts ahnend die Haustür aufmachte, war alles um mich herum weiß eingeschneit.

Jack und Mini sprangen wie immer wild bellend zur Haustür hinaus. Dann aber wandte sich Mini nur noch dem Schnee zu. Schnee – was war das denn?! Das kleine Wesen war begeistert, was es im Schnee alles zu schnuppern und zu riechen gab. Ihr Herz schien – wie vor zwei Jahren, als wir das letzte Mal Schnee hatten – beim Anblick dieser weißen Pracht vor Freude höher zu schlagen. Die kleine Hündin sprang vor Vergnügen hierhin und dorthin, immer die Nase im Schnee und alles ganz intensiv beschnuppernd. Da standen wir, Jack und ich, während uns dicke Schneeflocken ins Gesicht fielen und wir warteten bis Mini mit ihrem Schnuppern fertig war. Während sie anscheinend vor Freude juchzte und gar kein Ende fand, sah Jack das Alles wesentlich gelassener. Er trabte wie immer gemütlich seinen Weg durch den Schnee, machte unter einem Auto (clever wie er ist – da ist es nämlich trocken!) sein Geschäft und wollte dann auch postwendend wieder nach Hause ins warme Trockene.

Ich selbst hatte mich so sehr über die Freude meiner kleinen Mini amüsiert, dass ich beschloss, ihr noch ein wenig Spaß zu gönnen und mit ihr noch etwas länger draußen zu bleiben. Trotz der dicken Schneeflocken und obwohl es schon so dunkel war, machten wir beide dann noch eine kleine Runde um den Block und Mini jubelte vor Vergnügen. Sie versank fast im Schnee mit ihren kleinen

Beinchen, aber sie lief munter weiter und hatte „tierischen"
Spaß an dem kleinen Ausflug durch den Schnee.

Das war wieder einmal so ein Moment, wo ich sehr
dankbar war, dem kleinen Wesen Mini eine solche Freude
bereitet zu haben. Und mit ihrem aufgeregten Schnüffeln
und Schnuppern und ihrem vergnügten Gehopse durch
den Schnee gab sie mir diese Freude tausendfach zurück.

Die kleine Mini im Schnee

Hurra, hurra, das schöne Wetter ist endlich da!

Strahlend blauer Himmel und Sonnenschein – was will man mehr?! Das haben wir natürlich sofort ausgenutzt, um mit den Yorkies einen ausgedehnten Spaziergang zu machen. Aufgrund des schlechten Wetters in den letzten Wochen hatten wir uns ja kaum draußen bewegen können. Insofern war ein ausgiebiger Spaziergang an der frischen Luft mit den Zwergen schon lange überfällig gewesen. Um an den Strand von Ballywalter zu fahren, war es uns heute zu weit. Also entschlossen wir uns, durch eine kleine Schlucht, die nicht weit von uns entfernt ist, hinunter ans Belfast Lough zu laufen.

Der Weg durch die kleine grüne Oase ist mit feinem Schotter bedeckt und unser Jack mochte darauf überhaupt nicht laufen. Es wurde ziemlich anstrengend mit ihm, weil er ständig stehen blieb. Stur wie ein Esel (wobei man dem Tier garantiert mit diesem Vergleich Unrecht tut) ging Jack keinen Schritt weiter. Also entschloss ich mich, ihn kurzerhand in den Rucksack zu setzen. Er schien sich in seinem Quartier auf meinem Rücken auch wohlzufühlen und genoss es anscheinend, sich seine Umgebung von oben herab anschauen zu können. Als wir kurze Zeit später auf den asphaltierten Wanderweg kamen, wo er wieder normal laufen konnte, war er putzmunter und rannte ständig unserer läufigen Susi hinterher.

Mini spielt seltsamerweise nie mit dem Ball, aber immer sehr gerne „Hol das Stöckchen". Sie ist ganz versessen darauf und kann es gar nicht erwarten, dass sie von der Leine gelassen wird. Dann muss nur noch ein passender Stock gefunden werden, was normalerweise auch kein Problem ist. Zu klein darf er aber nicht sein und zu leicht natürlich auch nicht. Die kleine Hündin rennt immer schon los, bevor ich überhaupt den Stock geworfen habe, und wundert sich dann: ‚Ja wo ist denn mein Stöckchen?'

So war es auch heute wieder gewesen. Kaum war der passende Stock gefunden, ging es auch schon los mit dem Vergnügen, dem fliegenden Teil hinterher zu rennen, im Gras riechend den Stock zu finden und dann das überlange Teil in ihrem kleinen Mäulchen tragend zurückzubringen. Mini war unermüdlich, ja fast gnadenlos. Denn sie hatte keinerlei Erbarmen mit mir, dass ich mich ständig bücken, das Wurfgeschoss aufheben und wieder werfen musste, nur damit sie es dann holen und stolz wie Oskar tragen konnte. Abwechslung brachte für kurze Zeit ein anderes Yorkie-Rudel, das uns auf unserem Spaziergang begegnete.

73

Neugierig wie diese Hunde nun einmal sind, musste man sich natürlich gegenseitig von allen Seiten inspizieren. Vor allem unsere läufige Susi zog wieder einmal wie ein Magnet alle Hunde an und stand für kurze Zeit im Rampenlicht.

Unsere Veteranin war auch heute wieder am Meckern und ich habe immer noch nicht herausgefunden, was sie ständig zu jammern hat, wenn wir unterwegs sind. Allerdings muss ich sagen, dass manch einer sich eine Scheibe von der doch schon so alten Hündin abschneiden kann, denn sie ist noch topfit. Das zeigte sich vor allem daran, dass sie wieder so kokette Annäherungsversuche unternahm und wie wild unseren Jack anmachte Wenn ich bemerkte, dass Jack wieder an Susis Hinterteil hing, brauchte ich nur „oii, oii" zu rufen und in die Hände zu klatschen. Dann sah mich Susi mit einem Blick an, als ob sie sagen wollte: „Ich kann doch auch nichts dafür" und wimmelte flugs den Jack ab.

Heute lief unsere Susi sogar eine ganze Zeit lang brav mit uns mit, bis sie nicht mehr laufen wollte und anfing zu wimmern. Wie immer ignorierte ich ihr Gemaule. Doch dann machte mein Lebensgefährte einen Schritt zurück und traf dabei versehentlich Susi. Und was machte die alte Madam? Ja, sie plusterte sich vor mir auf, meckerte immer lauter und bellte dann schließlich so dramatisch, als ob sie mir zu verstehen geben wollte: „Siehst du, nur weil du mich nicht hochgenommen hast, bin ich getreten worden!" Oh, und ihr Blick! Sie schaute mich regelrecht anklagend an. Was also blieb mir anders übrig, als sie schnell auf den Arm zu nehmen, sie zu trösten und den Rest des Weges im Rucksack zu tragen. Da saß sie dann auch wie eine Primadonna und war scheinbar überglücklich, nicht mehr laufen zu müssen.

Mini mit ihrem Stöckchen

Wir sind auch ganz bestimmt brav!

Meine Hunde sind Hunde

Neulich sagte jemand zu mir: "Meine Hunde sind Hunde".
Das brachte mich doch spontan auf die Idee, eine
Geschichte zu schreiben.

Yorkshire Terrier sind Jagdhunde – wenn auch kleine. Ja
ich weiß, jetzt wird jeder bei der Vorstellung, wie diese
kleinen, possierlichen Hunde auf die Jagd gehen, lachen.
Meine sind jedenfalls keine Ausstellungs- und Vorzeige-
hunde oder andere Puppen. Sie sind drollig, sie sind süß,
sie sind klein, aber sie sind keine Schoßhunde und sie sind
auch keine Puppen, die man je nach Belieben oder
Jahreszeit verkleidet. Sie werden wie ganz normale Hunde
behandelt, auch wenn ich manchmal aufpassen muss,
wenn uns größere Hunde entgegenkommen, dass es zu
keinem Kräftemessen der kleinen Zwerge mit den großen
Riesen kommt.

Meine Yorkshire Terrier, Jack, Susi und Mini, sind wie
gesagt Hunde, und - wie jeder andere Hund auch - buddelt
mein Jack auch schon mal im Garten, schnuppert überall
mit großem Interesse herum und unterhält sich mit den
anderen Hunden in der Nachbarschaft. Wenn wir
unterwegs sind, z.B. im Wald, schnüffeln sie alle drei was
das Zeug hält unter, über und neben dem Laub, an Bäumen

und Büschen. Nur in einem enttäuschen sie mich – sie jagen keine Mäuse, von denen wir manchmal einige im Garten haben. Und das, obwohl Yorkshire Terrier ursprünglich einmal dazu gezüchtet wurden, um die Ratten und Mäuse in Arbeits- und Wohnstätten zu jagen. Ich habe es schon erlebt, dass Jack neben einer Maus saß und er überhaupt nicht daran dachte, seinen komfortablen Platz in der Sonne im Garten aufzugeben, um die Maus zu vertreiben.

So wie große Hunde auch, laufen meine Crumbells durch Matsch und Sand, durch Wald und über Wiesen. Und sie können das auch sehr ausdauernd tun. So wie neulich, als wir uns auf den Weg zu dem kleinen Strand in unserer Nähe machten, um dort spazieren zu gehen. Wir hatten Glück, denn hier herrscht Ebbe und Flut, und das Wasser war wohl gerade abgezogen, so dass wir am Strand viel Platz hatten, um ausgiebig zu toben.

Während ich mit meiner Kamera herumhantierte - die Sonne blendete zum Teil ziemlich - tobten meine Yorkies am Strand herum, als ob sie zum ersten Mal überhaupt ohne Leine laufen durften. Es war herrlich, Jack, Susi und Mini bei ihrem Strandvergnügen zu zusehen. Sand und

Matsch machten ihnen anscheinend überhaupt nichts aus. Mini flitzte hin und her, drehte ihre Runden und schien „Juhu, Juhu" zu rufen, während Susi, die Meckertante, wie gewohnt anfänglich maulte und dann aber doch mit den beiden anderen herumrannte.

Natürlich waren auch andere Hunde unterwegs und kamen angerannt. Viele große Hunde, wie z.B. Labradore und andere Retriever, Dalmatiner, Collies, Springer – sie alle rannten frei am Strand herum und wollten immer auch mit unseren kleinen Yorkies spielen. Am Meer waren meine drei Löwenherzen dann aber doch sehr zurückhaltend. Durch kleine Pfützen und Wasserlachen stapften sie ohne zu zögern durch. Vor dem großen wilden Wasser blieben sie aber stehen. Das mochten sie scheinbar nicht so gerne und da unterscheiden sie sich dann doch von anderen - großen - Hunden.

Hunde, die bellen, beißen nicht

Irgendwo hatte ich einmal gelesen, dass der Satz, den wir alle kennen: „Hunde, die bellen, beißen nicht" gar nicht stimmt. Darauf gekommen bin ich, weil ich im Internet recherchiert habe, was der Grund sein könnte, dass Mini nachts ständig bellt, wenn sie alleine in der Küche ist. Sie sitzt dort im Dunkeln an der Küchentür, die durchgängig aus Glas ist, schaut hinaus wie „Hans guck in die Luft" und bellt und knurrt. Zu sehen und zu hören ist meiner Meinung nach aber nichts.

Mini hat manchmal das Bedürfnis, alleine in Jacks Bettchen in der Küche zu schlafen. Im Prinzip habe ich ja auch nichts dagegen. Kann jeder machen, wie er will – auch meine Yorkies. Das Problem ist hier allerdings, dass Mini dann nachts weithin hörbar bellt und bellt und bellt.

Mir kam oft schon der Gedanke, sie belle deshalb so laut, weil sie Angst hat. Und das nächtliche Alleine-Sein in der Küche wäre so eine Art „Mutprobe". Das kennt man doch auch von sich selbst. Wenn man durch düstere Ecken geht, pfeift oder singt man laut, weil man zeigen will: „Ich habe keine Angst", und man meint, jeden potentiellen Angreifer damit abschrecken zu können.

Nun weiß ich aus Erfahrung mit meinen Hunden, dass es verschiedene Arten des Bellens gibt. Susi zum Beispiel bellt nicht nur, sondern sie beißt auch. Wenn sie (gerade mal 20 cm groß!) mit tiefer Stimme bellt, ist das bei ihr immer ein Hinweis, dass sie es ernst meint. Manchmal bellt sie auch, weil sie sich Aufmerksamkeit verschaffen will. Dies vor allem dann, wenn sie Hunger hat und ihr Futter will. Dieses „Bellen" hört sich jedoch völlig anders an – es ist ein hohes, leichtes Bellen und mehr wie ein schüchternes „Auf-sich-aufmerksam-machen".

Im Unterschied zu Susi bellt Jack so gut wie gar nicht. Er ist ein durch und durch freundlicher Hund, aber dafür ein Meister im Knurren. Wenn er etwas nicht mag, dann knurrt er so doll, dass es einem schon Angst machen kann. Unabhängig davon würde er einen Einbrecher eher zu Tode lecken, aber nicht beißen. Jack bellt oft nur dann, wenn er andere Hunde bellen hört oder bei hohen Tönen, die er überhaupt nicht mag. Sehr oft bellt Jack auch ohne ersichtlichen Grund, wenn wir die Tür aufmachen, um das Wohnzimmer zu verlassen. Es klingt dann so, als ob er uns warnen wollte: „Geh' da bloß nicht raus!".

Manchmal stimmen alle drei Hunde draußen im Garten in ein Gebell ein, wenn sie in der Nachbarschaft Hunde bellen hören. Irgendwo habe ich einmal gelesen, dass sich Hunde mit ihren Artgenossen über verschiedene Arten des Bellens verständigen und ihnen Informationen über ihr Befinden oder ihre Absichten mitteilen. Bei Jack ist das garantiert der Fall. Hört er draußen oder gar im Fernsehen einen Hund bellen, dann kann er sich richtig aufregen und er hört dann nicht mehr auf zu bellen.

Mein kleines Löwenherz Mini sitzt wie gesagt oft an unserer Küchentür im Dunkeln, knurrt mit lauter Stimme wie ein „großer" Hund ganz fürchterlich und versucht scheinbar mit ihrem Bellen irgendwelche imaginären Feinde in die Flucht zu schlagen oder Freunde zu begrüßen. Aber welcher Freund ist im Dunkeln draußen in unserem Garten? Ich denke, es ist vielmehr so, dass Mini schon mal prophylaktisch jeglichen Eindringling warnt: „Hier herrsche ich! Komm' mir bloß nicht in die Quere, du kannst mir keine Angst machen! Bleib wo du bist, sonst beiß' ich dich!" Und sie meint wohl, je lauter sie bellt, desto abschreckender wirkt sie.

Dabei sieht die kleine Mini so süß aus, dass mir dazu wirklich nur einfällt: „Hunde, die bellen, beißen nicht!"

Mini: „Bäh, ich will diese Schleife nicht!"

Morgenstund' hat Gold im Mund

Meine Yorkies stört das wenig. Vor allem Jack ist ein Langschläfer und mag es gar nicht, früh geweckt zu werden. Nur die Verlockung auf das Frühstück lässt auch ihn, der so gerne frisst, überhaupt aufstehen.

Susi hingegen, meine kleine Terroristin, ist Frühaufsteherin. Ist sie erst einmal wach, dann besteht sie unnachgiebig auf ihrem morgendlichen Ritual: aufstehen, frühstücken, zur Toilette gehen, sich waschen und dann weiterschlafen. Überhaupt ist Susi anders als die anderen beiden, Jack und Mini. Während diese nämlich unmittelbar nach dem Aufstehen, also vor dem Frühstück, nach draußen in den Garten zu ihrer Toilette stürmen, macht Susi das erst nach dem Frühstück. Madam verlangt erst ihr Frühstück, das ich ihr servieren muss, danach geht sie gemütlich nach draußen, um ihre Toilette zu verrichten. Wenn nach etlichem Hin und Her alle es sich auf dem Sofa gemütlich gemacht haben und ich mir gerade einen spannenden Film im Fernsehen anschaue, dann ist es garantiert Susi, die wieder aus der Reihe tanzt und die diese Ruhe stört. Und das scheinbar im doppelten Sinne des Wortes: sie stört es wohl, dass wir alle so zufrieden auf der Couch sitzen und stört dann diesen Frieden. Sie springt nämlich flugs vom Sofa herunter, stellt sich vor mich hin und gibt laut und deutlich irgendwelche Töne von sich, die da wohl bedeuten: „Ich muss mal raus zur Toilette!" Wiederum ist Susi der einzige Hund, der mir aufs Wort gehorcht, immer an meiner Seite ist und nicht nur bellt, sondern auch beißt, wenn es darauf ankommt.

Mini dagegen schläft zwar manchmal auch gerne lange, aber wenn sie erst einmal wach ist, dann will sie schmusen. Sie sagt Susi und mir „Guten Morgen" indem sie uns abwechselnd küsst und dabei ganz aufgeregt mit ihrem Schwänzchen wedelt. Ist die kleine Hündin dann richtig wach, springt sie aus dem Bett, das ziemlich hoch ist. Mein Adrenalin-Spiegel steigt schon am frühen Morgen drastisch an, denn ich habe jedes Mal, wenn Mini springt, Angst, dass sie sich verletzt. Aber es gibt kein Halten – Mini ist mit ihren vier Jahren sehr flink und zack, ist sie vom Bett gesprungen. Sind wir dann alle unversehrt unten in der Küche angekommen, rennt sie mit Jack, wie um die Wette, nach draußen, um ihre Toilette zu verrichten oder irgendwelche Katzen aus der Nachbarschaft zu scheuchen.

Nach dem Aufstehen kommt übrigens als erstes die Morgengymnastik. Es wird sich ausgiebig gestreckt und gereckt. Dazu werden dann die Vorderpfoten weit gespreizt nach vorne ausgestreckt. Der kleine Oberkörper bzw. der Kopf wird gleichzeitig auch weit nach vorne geschoben, während der Po dabei hochgestreckt in den Himmel ragt. Dann erfolgt die ganze Übung in umgekehrter Reihenfolge. Es sieht ja sehr lustig aus, wie die kleinen Zwerge ihre Körperchen hin und her bewegen. Oft schaut mich Susi dabei an, als ob sie mich auffordern wollte, mitzumachen, was ich aber dankend ablehne.

Danach setzt sich die kleine Gesellschaft in Bewegung. Es geht in die Küche, von wo aus die Zwerge dann in den Garten rennen. Je nachdem, ob andere Hunde aus der Nachbarschaft alle anderen mit ihrem Gebelle wecken, stimmen meine Zwerge dann lauthals in die morgendliche Hundeunterhaltung ein oder sie verrichten still und schnell ihr Geschäft und wollen wissen, was es zum Frühstück gibt. Jack hat die Angewohnheit, mich manchmal schon am frühen Morgen in Angst und Schrecken zu versetzen. Er frisst nicht, steht aber vor seinem gefüllten Napf und guckt da ständig rein, als sähe er kein Futter. Sein Blick schweift dann immer zwischen Napf und mir hin und her. Wenn ich ihm aus lauter Sorge, was meinen Hund wohl fehlt, das Futter mit der Hand gebe, dann frisst er es auch ganz begierig. Normalerweise ist es aber so, dass Jack sein inzwischen von mir bereitgestelltes Frühstück so schnell herunterschlingt, als gäbe es dafür einen Preis zu gewinnen. Im Unterschied dazu schmatzt meine Susi ihr Frühstück ganz bedächtig. Nichts kann sie aus der Ruhe bringen – es sei denn, einer der anderen Yorkies kommt ihr zu nahe. Wehe dem, der es wagt, in die Nähe ihres Fressnapfes zu kommen! Der wird gnadenlos angeknurrt und vehement weggebellt.

Oft frage ich mich, wozu ich überhaupt aufgestanden bin, nur um die Zwerge zu füttern. Denn kaum haben sie gefuttert, verziehen sie sich wieder in ihre Ecken, wo sie, mal mehr und mal weniger laut, zufrieden vor sich hin schnarchen. Und Mini? Die weiß, was gut ist, denn sie rennt, wenn sie von draußen kommt, manchmal ohne gefrühstückt zu haben schnurstracks zurück ins Schlafzimmer und macht es sich dort im warmen Federbett gemütlich.

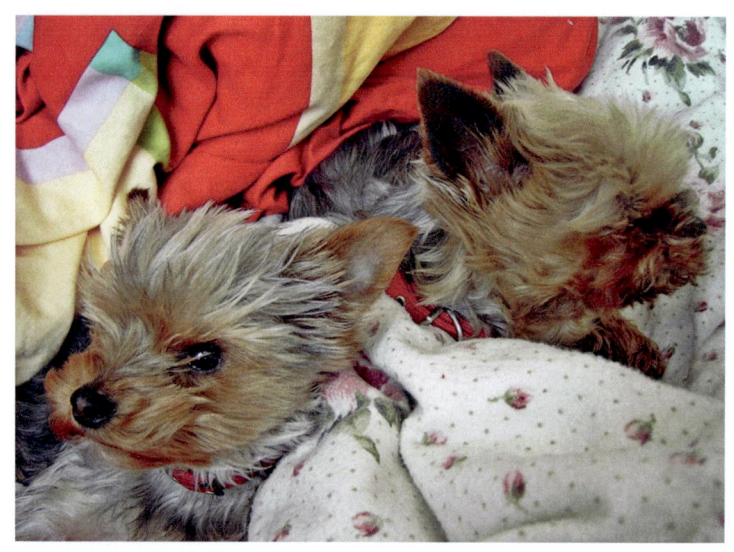

Mini und Susi: bei Frauchen im Bett ist es am gemütlichsten.

Jack: „Ich habe mein eigenes Bett!"

In meinem Körbchen spukt es und deshalb schlafe ich im großen Bett

Sicherlich werden sich jetzt viele Leser fragen: Dürfen die Hunde überhaupt im Bett schlafen? Ja, meine dürfen! Für mich ist es ganz normal, dass mich meine drei kleinen Yorkshire Terrier am Ende des Tages ins Bett begleiten. Für alle, die es noch nicht wissen – Yorkshire Terrier haben keinen Fellwechsel. Sie haben wie wir Menschen auch Haare, die regelmäßig gekämmt und geschnitten werden müssen. Da der leidige Haarwechsel im Frühjahr und Herbst entfällt, erübrigt sich auch das Argument „Hundehaare im Bett geht schon mal gar nicht".

Meine beiden Veteranen Jack und Susi schnarchen übrigens. Manchmal sogar so laut, dass ich nicht hören kann, was im Fernseher gesagt wird. Es ist schon vorgekommen, dass Leute, mit denen ich telefonierte, sich wunderten, wer denn bei mir im Hintergrund so laut schnarche. Ob dies mein Lebensgefährte oder meine Mutter sei. Nein, es ist nur einer der beiden älteren Yorkies, der da ganze Wälder, nachts und auch am Tage, im Schlaf absägt.

Während meine beiden Weibchen, Susi und Mini, sich immer eifrig darum bemühen, einen bequemen Schlafplatz im Bett zwischen mir und meinem Lebensgefährten zu ergattern, hat Jack einen extra Platz. Er schläft normalerweise in seinem Hundebett, das etwas erhöht an meiner Seite vor dem Bett steht. Das ist mir auch ganz recht, denn diese drei kleinen Kerlchen strahlen solch eine Wärme aus, dass es mir manchmal dann doch zu heiß wird und ich froh bin, eine Bio-Wärmflasche weniger im Bett zu haben.

Obwohl sie so klein sind, können diese Winzlinge ganz schön viel Platz einnehmen. Sie machen sich breit und liegen ausgestreckt zwischen mir und meinem Lebensgefährten. Ein Zeichen, dass sie sich wohlfühlen. Ich mich aber weniger, denn ich kann mich kaum rühren und so komme ich mir manchmal vor wie in einer Zwangsjacke, weil je ein Yorkie rechts und links neben mir auf der Bettdecke liegt. Also werden sie beiseitegeschoben, was ihnen zum Glück nichts ausmacht. Sie schlafen und schnarchen ungebrochen weiter. Nur Jack knurrt, wenn er dann doch einmal in unserem Bett liegt und ich ihn verschieben will. Das mag er eigentlich ganz und gar nicht. Hat er nämlich erst einmal ein gemütliches Plätzchen gefunden, will er da auch nicht mehr weg.

Bei uns ist es ja immer windig. Manchmal stürmt es so schlimm, dass wir kein Fenster aufmachen können, weil der Wind alles, was sich ihm in den Weg stellt, gnadenlos wegreißt. Auch nachts ist das so und Jack fürchtet sich scheinbar sehr vor den heulenden Tönen des Windes, der da bei uns um die Ecken pfeift. Der Zwerg wird dann ganz unruhig und will unbedingt zu mir ins Bett. Er gibt keine Ruhe, stemmt sich jaulend am Bett hoch und kratzt dann so lange mit den Pfoten an der Bettkante herum, bis ich den kleinen Angsthasen zu mir ins Bett hieve. Damit aber noch nicht genug. Er krabbelt dann völlig außer sich und unbeirrbar im Bett herum und steigt mir auf den Kopf, wo er sich dann niederlässt. Man würde ja meinen, dass er sich unter der Bettdecke verkriechen würde. Aber das ist ein Irrtum. Es scheint eher so zu sein, dass Jack, wenn er Angst hat, ganz nach oben will. Und da ist es ihm wohl völlig egal, ob ich stehe oder liege. Oben ist für ihn da, wo mein Kopf ist.

Im Hundesupermarkt

Fürchterliches Wetter hatten wir heute. Grau, kalt und „feuchte Luft". Dieser heimliche Regen, den man nur daran erkennt, dass man, nachdem man sich eine Zeit lang draußen aufgehalten hat, nass ist. Uns fiel die Decke wieder einmal auf den Kopf. Meine kleine Mini wollte raus. Sie war im Haus total unruhig. Jack stand auch an der Tür und gab mir zu verstehen, dass er nach draußen wollte. Dazu muss man wissen, dass Jack sein Geschäft am liebsten draußen auf der Straße verrichtet. Susi hingegen kann stundenlang draußen spazieren gehen, ohne dass sie etwas verrichtet. Sie ist es gewöhnt, in ihrer häuslichen Umgebung ihr Pipi und anderes zu machen. Bei Mini habe ich Glück, denn sie ist unkompliziert und was das Verrichten von Hundegeschäften angeht auch nicht wählerisch.

Es stand also außer Frage, dass ich mich mit Jack und Mini nach draußen begab. Ich zog mir Regenjacke und Gummistiefel an und los ging es. Dabei war ich noch am überlegen, einen Regenschirm mitzunehmen, aber mit zwei Hunden an der Leine – wie hätte ich da noch einen Regenschirm unterbringen können? Da ich Hundefutter brauchte, beschloss ich mit Jack und Mini in den Tiersupermarkt, der nicht weit von uns entfernt ist, zu laufen. Außerdem wollte und will ich meine Mini an den Trubel in den Läden gewöhnen. Jack kann ich in jeden Laden mitnehmen. Ich setze ihn in eine schöne, große, rosafarbene Reisetasche, die ich mir mitsamt Hund über die Schulter hänge. Nur sein Köpfchen lugt dann oben heraus und während er da so still sitzt, beäugt er alles, was er sieht, ganz genau.

Mit rosa Reisetasche über der Schulter und Mini an der Leine spazierte ich letztens zum Computerladen, der ebenfalls nicht weit entfernt von uns ist. Im Laden setzte ich meinen Winzling dann vorsichtig in die große Tasche und sie ließ es sich auch gefallen. Anfangs war sie etwas unruhig, weil es für sie zu viele fremde und vor allem laute Geräusche in dem Laden gab. Ihr Köpfchen lugte so wie bei Jack oben aus der Tasche heraus und es sah vermutlich so niedlich aus, dass keiner hier etwas gegen den Hund im Laden sagte. Vielleicht wussten auch viele der jungen Verkäufer nicht einmal, dass ich einen Yorkshire Terrier in meiner rosa Reisetasche hatte.

Also meine Mini ist noch nicht so ganz „ladentauglich", deshalb möchte ich sie daran gewöhnen. Ich ging folglich mit Jack und Mini zum Tiersupermarkt, wo das Mitbringen von Tieren erlaubt ist. (Ansonsten ist es hier strikt verboten, Hunde in ein Geschäft mitzunehmen.) Da ich es jedoch nicht riskieren wollte, dass Jack ausgerechnet an einem der riesigen Regale im Supermarkt sein Beinchen hebt, um mit seinem penetranten Geruch ein „Hallo, ich war hier" zu markieren, setzte ich meine Zwerge wie immer in einen Einkaufswagen. Normalerweise lege ich vorher etwas unter, damit sie mit ihren kleinen Pfoten nicht durch das Gitter des Einkaufswagens rutschen. Im Supermarkt angelangt stellte ich jedoch fest, dass ich heute gar nichts dabei hatte, was ich unterlegen konnte. Hm, was tun? Ich fragte an der Kasse nach einer Plastiktüte. Einer der Verkäufer war so nett und gab mir ein Stück Karton, mit welchem ich den Boden des Einkaufswagens auskleiden konnte. Danach hob ich meine zwei Crumbells einen nach dem anderen wie Kostbarkeiten hoch und setzte sie in den roten Wagen. Und los ging's – in das Einkaufserlebnis für Mensch und Tier.

In aller Ruhe schob ich die beiden Zwerge durch die Gänge des Supermarktes, vorbei an den langen Regalen gefüllt mit Hundefutter und sonstigen Köstlichkeiten. Bei manchen Leckerlis lief selbst mir das Wasser im Mund zusammen. Da gab es jede Menge Kausnacks, Knochen, Hundekekse, Drops und andere Leckerlis. Ja, sogar Bier.

94

Also einfach alles, was das Herz eines Hundes oder vielmehr eines Menschen höher schlagen lässt. Auch wenn meine beiden Kostbarkeiten, Jack und Mini, angestrengt zwischen den Stäben des Einkaufswagens durchlugten, so glaube ich nicht, dass sie auch nur ein Wort dieser Werbung verstanden. Weiter ging es in den nächsten Gang. Hohe Regale gefüllt mit zig Hundefutter-Marken, säckeweise. Nass und trocken, Gourmet, biologisch, nach angeblich streng wissenschaftlichen Kriterien, in Zusammenarbeit mit Tierärzten, mit und ohne Soja oder Kräutern, mit hochwertigen, natürlichen Inhaltsstoffen, ein ganzes gesundes Leben versprechend. Das Gleiche dann übrigens auch noch für Katzen. Jaja, mit Tierliebe lässt sich ein gutes Geschäft machen. Mich erinnerte das ein wenig an die Waschmittelwerbung, wo den Frauen ein schlechtes Gewissen eingeredet wird, wenn sie nicht bestimmte Produkte zum Wäschewaschen nehmen.

Eine bestimmte Hundefuttersorte scheidet bei mir sowieso aus – sie erinnert mich an meinen schrecklichen Lateinunterricht, und diese Zeit liegt zum Glück lange hinter mir. Von anderen Hundefuttermarken weiß ich, dass sie minderwertig sein sollen, weil sie nicht das enthalten, was sie versprechen, oder aber auch mit Tierquälerei in Verbindung stehen sollen. Das wird sowieso nicht gekauft. Nichtsdestotrotz fragte ich mich angesichts des vielfältigen Angebots, wer sich bei diesem Vokabelmix noch zurechtfindet? Für welche Hundeköstlichkeit soll man sich denn entscheiden? Wird mein Vierbeiner mir für meine Entscheidung und meinen Kauf auch danken? Wie krieg ich ein gesundes Hundefrühstück in meinen Hund rein und einen „jungen Wilden" aus ihm heraus? Und dann die alles entscheidende Frage: Was mag meinen Zwergen überhaupt schmecken?

Man hätte meinen können, dass Jack und Mini angesichts all dieser Köstlichkeiten unruhig werden und mir bei der Auswahl für ihren Speiseplan behilflich sein würden. Aber nein, während mich alle möglichen Fragen plagten, saßen sie da ganz ruhig in dem Einkaufswagen und lugten durch das Gitter. Sie sahen ja echt niedlich aus, meine beiden Zwerge. Das meinten auch andere Leute, die im Laden waren. Schon am Eingang war ich auf die beiden Yorkies angesprochen worden. Und das setzte sich während unseres ganzen Einkaufs fort.

Bei den Behältern mit dem losen Trockenhundefutter hielt ich an. ‚So‘, dachte ich, ‚nun sagt mir mal, was ihr futtern wollt?'. Ich gab zuerst Jack und dann Mini jeweils ein Stückchen von dem Trockenfutter zum Probieren. Jack, der Allesfresser, hat es auch sofort genommen und schnell zerkaut. Mini aber schnupperte nur und neigte den Kopf weg. Nein – das mochte meine „Sweet Lady Jane" (das ist ihr richtiger Name) nicht. Mini macht inzwischen Jack nicht mehr alles nach und entwickelt ihren eigenen Geschmack. Damit das aber nicht zu teuer für mich wird - wer weiß, auf welche Gedanken sie kommt und welchen Essgewohnheiten sie verfällt - entschied ich mich dann für das Trockenfutter (Mixer), das wir immer haben und welches dafür bestimmt ist, unter das Dosenfutter gemischt zu werden. Man braucht keine teuren Produkte, sondern kann seine Hunde auch mit preiswertem Futter richtig ernähren. Und wie man am Fell meiner Yorkies erkennen kann, bekommt es ihnen auch.

Zu guter Letzt

Sicherlich werden sich jetzt viele Leser wundern, wieso ich so oft erwähne, dass bei uns das Wetter so schlecht ist bzw. war. Der blaue Himmel von Ulster (Nordirland) ist zwar bekannt, aber bedauerlicherweise nicht immer zu sehen. Es regnet halt viel, weshalb die Natur hier ja auch so grün und saftig ist und alles auch immer in einem so wunderbaren Licht erscheint.

Es gibt Tage, da fällt uns die Decke auf den Kopf, weil wir nicht nach draußen können. Solche Tage sind immer auch eine Qual für Mensch und Tier. Es macht halt keinen Spaß, durch Matsch und nasses Gras zu laufen.

Mit entsprechender Regenkleidung und Gummistiefeln kann man auch bei Regen die Natur sehr gut genießen. Der Nachteil ist allerdings, dass es nicht viele Möglichkeiten für Spaziergänge durch unsere herrliche Landschaft mit unseren Yorkshire Terriern gibt. Viele von unseren Wegen sind manchmal leider durch den Dauerregen so vermatscht, dass wir nur auf asphaltierten Straßen gehen können. Die Yorkies mit ihren kleinen Beinchen und ihrem Haarkleid versinken ansonsten im Dreck. Sehr oft laufe ich dann mit Mini durch unser Wohngebiet. Da alle Häuser hier Vorgärten haben, gibt es für mich immer etwas Grünes und Buntes aus der vielfältigen Pflanzenwelt zu sehen und für Mini auch etwas zum herumschnuppern. Es ist ein wahrer Augenschmaus, je nach Jahreszeit, an blühenden Rhododendren, Fuchsien oder Hortensien und Schmetterlingsflieder entlang zu spazieren.

Und wenn die Sonne wieder scheint, dann freuen sich Mensch und Tier natürlich, dass wir an einem der Strände, die übrigens in der Regel NICHT für Hunde verboten sind, herumtollen und unseren Spaß haben können.

Ich danke meinen Leserinnen und Lesern für ihr Interesse und wünsche Ihnen und ihren Yorkies alles Gute!

Auf Wiedersehen

.

Zur Person

Dr. Carmen Bauer, 1956 in Wiesbaden geboren, studierte in Hamburg und London Politikwissenschaft. Sie ist eine Frau mit vielen Talenten. Schon in der Schule hatte sie in den Pausen handschriftlich „Bücher" verfasst, die mit großem Interesse schneller gelesen wurden, als sie schreiben konnte.

Das Talent des Schreibens setzte sie später fort. Sie veröffentlichte diverse wissenschaftliche Artikel und 1993 ihre Promotion. Danach folgten Jahre der Berufstätigkeit, in denen sie u.a. auch als Redenschreiberin gearbeitet hatte. Neben ihren beruflichen Tätigkeiten in zum Teil ganz unterschiedlichen Bereichen, betätigte sie sich immer schon gerne kreativ: Nähen, Stricken, Schreiben und wann immer möglich, werkelt(e) sie im Garten.

Nach anstrengenden Berufsjahren, zuletzt in Brüssel, hat sie sich vor einigen Jahren in Nord-Irland niedergelassen, wo sie seitdem mit ihrem nord-irischen Lebensgefährten und ihren Yorkshire Terriern lebt.

Bisher von ihr bei Books on Demand veröffentlicht:
Jokes and more from Ireland, 2011 (Witze in Englisch). Für Kenner und Liebhaber des typisch irischen Humors.

Yorkshire Terrier – Zwerge mit Löwenherz (2011). Ein amüsantes und zugleich informatives Buch über diese kleinen possierlichen Hunde.

Sammelsurium – Eine Sammlung ungewöhnlicher Gedichte und Geschichten (2012), für Liebhaber ungewöhnlicher Wortspielereien.

Pöttchen und das Diamantenabenteuer (2013), eine spannende Ferienfreizeit mit allerlei Streichen und Abenteuern für Kinder 9-12 Jahre (empfohlen).

http://www.drcarmenbauer.com/